AF582398

1909 Mars - 25

Vente après Décès

Jeudi 25 Mars

Hôtel Drouot - Salle n° 10

Beaux Livres Modernes

Me André COUTURIER, Commissaire-Priseur

M. A. DUREL, Libraire-Expert

Arras. — Imp. Schoutheer Frères, rue des Trois-Visages, 59.

CATALOGUE

DE BEAUX

LIVRES MODERNES

BIEN RELIÉS

LA VENTE AURA LIEU

LE JEUDI 25 MARS 1909

A deux heures très-précises de l'après-midi

HOTEL DES COMMISSAIRES-PRISEURS, 9, RUE DROUOT

Salle n° 10, au premier étage

Par le Ministère de Me ANDRÉ COUTURIER, Commissaire-Priseur

Successeur de Mr LÉON TUAL

56, Rue de la Victoire

Assisté de M. A. DUREL, Libraire-Expert

21, Rue de l'Ancienne-Comédie, 9-11, Passage du Commerce (VIe)

CONDITIONS DE LA VENTE

La vente se fera au comptant.

Les acquéreurs paieront **10 p. 100** en sus des adjudications.

Les livres devront être collationnés dans les vingt-quatre heures de l'adjudication. Passé ce délai, ils ne seront repris pour aucune cause.

M. A. DUREL, **chargé de la vente, remplira aux conditions d'usage, les commissions des personnes qui ne pourraient y assister.**

M. A. DUREL **se réserve la faculté, dans l'intérêt de la vente, de réunir ou de diviser les numéros du Catalogue.**

CATALOGUE

DE BEAUX

LIVRES MODERNES

BIEN RELIÉS

ÉDITIONS DE LUXE

provenant de la

BIBLIOTHÈQUE DE FEU Mr F....

PARIS

A. DUREL, LIBRAIRE

21, RUE DE L'ANCIENNE-COMÉDIE, 21

9 ET 11, PASSAGE DU COMMERCE, (VIe ARR.).

1909

CATALOGUE

DE BEAUX

LIVRES MODERNES

BIEN RELIÉS

1. **Arvers** (Félix). Poésies. Mes heures perdues. — Pièces inédites. Introduction par Abel d'Avrecourt. *Paris, H. Floury*, 1900, gr. in-8, portr. demi-rel. dos et coins de mar. vert, dos orné et mosaïqué, fil. sur les plats, tête dor., non rog., couv. (*Blanchetière-Bretault*).

   L'un des **40** exemplaires tirés sur **papier de Chine** (n° 29).

2. **BALZAC.** Les Contes drolatiques colligez ez abbayes de Touraine et mis en lumière par le sieur de Balzac, pour l'esbattement des Pantagruelistes et non aultres. Huitième édition illustrée de 425 dessins par Gustave Doré. *Paris, Garnier frères, s. d.*, in-8, demi-rel. dos et coins de mar. grenat, dos sans nerfs avec ornem. dor., fil. sur les plats, tête dor., non rog., couv. (*Bretault*).

   L'un des exemplaires tirés sur **papier de Chine**.

3. **Balzac.** Les Proscrits. Dix-neuf compositions dessinées et gravées à l'eau-forte par Gaston Bussière. *Paris, F. Ferroud*, 1905, in-4, br., couv. illust.

   Tiré à 225 exemplaires numérotés (n° 69).
   L'un des 20 sur **papier du Japon**, contenant deux états des eaux-fortes, dont l'eau-forte avec remarque.

4. **Baudelaire** (Charles). Œuvres posthumes, portrait gravé sur bois. *Paris, Société du Mercure de France*, 1900, gr. in-8, demi-rel. dos et coins de mar. grenat, dos sans nerfs avec ornem. de 6 fil. droits et entrelacés, fil. sur les plats, tête dor., non rog. (*Blanchetière-Bretault*).

Édition originale, avec la couverture.
L'un des **87** exemplaires tirés sur **papier de Hollande** (nº 53) avec double épreuve du portrait, en *noir* et en *sanguine* tiré sur Japon.

5. **Bazin** (René). Le Blé qui lève. *Paris, Calmann-Lévy*, *s. d.*, in-12, demi-rel. dos et coins de mar. grenat, tête dor., non rog.

Édition originale, avec la couverture.
L'un des **50** exemplaires sur **papier de Hollande** (nº 16).

6. **Bergerat** (Emile). L'Espagnole. Illustrations de Daniel Vierge, gravées sur bois par Clément Bellenger. *Paris, L. Conquet*, 1891, in-18, mar. grenat, dent. int., tête dor., non rog., couv. (*Randeynes*).

L'un des 350 exemplaires sur papier vélin du Marais (nº 273).

7. **BIBLIOTHÈQUE ARTISTIQUE MODERNE**. *Paris, Librairie des Bibliophiles*, 1883-1891, 17 vol. in-8, pap. vélin de Hollande, demi-rel. dos et coins de mar. de couleurs diverses, dos ornés, têtes dor., non rog., couv.

Collection complète : Contes de A. Daudet. Eaux-fortes par Eug. Burnand. — Le Roi des Montagnes par Edm. About, dessins de Delort gravés par Mongin — Le capitaine Fracasse, par Th. Gautier, dessins de Delort et un portrait gravé par Mongin, 3 vol. — Une page d'amour par Emile Zola, dessins de Ed. Dantan, et un portrait gravé par Duvivier, 2 vol. — Servitude et Grandeur Militaire, par A. de Vigny, dessins de J. Le Blant et un portrait gravé par Champollion. — Jocelyn par Lamartine, dessins de Besnard et un portrait gravé par de Los Rios et Champollion. — Graziella, par Lamartine, dessins de Bramtot, gravés par Champollion. — Le Chevalier des Touches, par J. Barbey d'Aurevilly, dessins de J. Le Blant, gravés par Champollion. — Nouvelles de Mérimée, illustrations de Bramtot, Merson, etc. — Les filles du Feu par Gérard de Nerval, dessins de E. Adan, gravés par Le Rat.— Théâtre de Musset, dessins de Delort, gravés par Boilvin, 4 vol.

8. **BIBLIOTHÈQUE ARTISTIQUE** (Petite) publiée par D. Jouaust, 85 vol. in-16, demi-rel. dos et coins de mar. de nuances diverses, dos ornés ou mosaïqués, têtes dor., non rog., couv.

1° **Les Amours du Chevalier de Faublas**, par Louvet de Couvray, avec une préface par Hippolyte Fournier. Dessins de Paul Avril, gravés à l'eau-forte par Monziès. 5 vol.

2° **Boccace.** Décaméron, traduction de le Maçon, eaux-fortes de Flameng, 4 vol.

3° **Brantome.** Les dames galantes, dessins de Ed. de Beaumont et un portrait gravé par Boilvin. 3 vol.

4° **Brillat-Savarin.** Physiologie du goût, eaux-fortes de Lalauze. 2 vol.

5° **Les Caquets de l'Accouchée,** publiés par D. Jouaust, avec une préface de Louis Ulbach. Eaux-fortes par Ad. Lalauze, 1 vol.

6° **Cent Nouvelles nouvelles,** dessins de J. Garnier, gravés par Lalauze, 4 vol.

7° **Chevigné** (Cte de). Contes Rémois, eaux-fortes de Rajon, d'après les dessins de J. Worms, 1 vol.

8° **Les Facétieuses Nuits** du Seigneur J.-F. Straparole, traduites par J. Louveau et P. de Larivey, publiées avec une préface et des notes, par G. Brunet. Quatorze dessins de J. Garnier, gravés à l'eau-forte par Champollion, 4 vol.

9° **Florian.** Fables, dessins de E. Adan, gravés par Le Rat, 1 vol.

10° **Galland.** Les Mille et une Nuits. Contes Arabes, réimprimés sur l'édition originale, avec une préface de Jules Janin. Vingt et une eaux-fortes par Ad. Lalauze, 10 vol.

11° **Gœthe.** Les Souffrances du jeune Werther, traduction nouvelle par Mme Bachellery, avec une préface par Paul Stapfer. Eaux-fortes de Lalauze, 1 vol.

12° **L'Histoire de Don Quichotte** de la Manche, par Michel Cervantes, première traduction française par C. Oudin et F. de Rosset, avec une préface par E. Gebhart. Dessins de J. Worms, gravés à l'eau-forte par de Los Rios, 6 vol.

13° **Hoffmann.** Contes fantastiques tirés des Frères de Sérapion et des Contes nocturnes. Traduction de Loève-Veimars, avec une préface par G. Brunet. Onze eaux-fortes par Ad. Lalauze, 2 vol.

14° **Le Sage.** Le Diable boiteux, avec une préface par H. Reynald. Gravures à l'eau-forte par Ad. Lalauze, 2 vol.

15° **Le Sage.** Histoire de Gil Blas de Santillane, précédée d'une préface par H. Reynald. Treize eaux-fortes par R. de Los Rios, 4 vol.

16° **Montesquieu.** Lettres Persanes, avec une préface par M. Tourneux. Dessins d'Ed. de Beaumont, gravés à l'eau-forte par Boilvin, 2 vol.

17° **G. Nadaud.** Chansons, avec douze eaux-fortes par Edmond Morin, 3 vol.

18° **Perrault.** Contes. Eaux-fortes de Lalauze, 2 vol.

19° **Prévost** (l'abbé). Manon Lescaut. Eaux-fortes de Ed. Hédouin, 2 vol.

20° **Les Quatre Voyages** du capitaine Lemuel Gulliver, traduction de l'Abbé Desfontaines, revue, complétée, et précédée d'une notice, par H. Reynald. Gravures à l'eau-forte par Lalauze, 4 vol.

21° **J.-J. Rousseau.** Confessions. Eaux-fortes d'Ed. Hédouin, 4 vol.

22° **J.-J. Rousseau.** La Nouvelle Héloïse, avec une préface par J. Grand-Carteret. Dessins d'Ed. Hédouin, gravés par lui-même et par Toussaint, eaux-fortes de Lalauze, imprimées dans le texte, 6 vol.

23° **B. de Saint-Pierre.** Paul et Virginie, précédé d'une Etude sur les origines de Paul et Virginie, par S. Cambray. Eaux-fortes de Laguillermie, 1 vol.

24° **Scarron.** Le Roman Comique, publié par les soins de D. Jouaust, avec une préface par Paul Bourget. Eaux-fortes par Léopold Flameng, 3 vol.

25° **Silvio Pellico.** Mes Prisons, traduction nouvelle par Francisque Reynard. Dessins de Bramtot, gravés par Toussaint, 1 vol.

26° **L. Sterne.** Voyage sentimental en France et en Italie, traduction nouvelle, par Alfred Hédouin. Six eaux-fortes par Edmond Hédouin, 1 vol.

27° **Le Vicaire de Wakefield,** de Goldsmith, traduction, préface et notes par Charles Nodier, nouvelle édition. Eaux-fortes par Ad. Lalauze, 2 vol.

28° **Vie et Aventures de Robinson Crusoé,** par Daniel de Foë, traduction de Pétrus Borel, avec huit-eaux-fortes par Mouilleron portrait gravé par Flameng, 4 vol.

9. **Bibliothèque Charpentier** (Petite). *Paris*, 1877-1885, 13 vol. in-32, portraits et eaux-fortes, br., couv.

J. Sandeau. Le docteur Herbeau. — Th. Gautier. Fortunio. — J. Sandeau. Mlle de la Seiglière. — Ed. et J. de Goncourt. Renée Mauperin. —

Th. Gautier. Mlle Dafné. — Th. Gautier. Les Jeunes France. — About. Tolla. — E. Zola. Thérèse Raquin. — F. Fabre. Julien Savignac. — E. Zola. Nouveaux Contes à Ninon. — J. Michelet. La Montagne. — Ed. et J. de Goncourt. Madame Gervaisais. — H. Malot. Une bonne Affaire.

10. **BIBLIOTHÈQUE CLASSIQUE** (Nouvelle), publiée par Jouaust, 55 vol. in-8, avec portraits, grav. à l'eau-forte, demi-rel. dos et coins de mar. de diverses couleurs, têtes dor., non rog., couv. (*Randeynes*).

Exemplaires tirés sur **papier de Hollande**.

Regnier. *Satires*, publié par Louis Lacour, 1 vol. — Montesquieu. *Grandeur et Décadence des Romains*, pub. par G. Franceschi, 1 vol. — Boileau. *Œuvres poétiques*, 2 vol. — Hamilton. *Mémoires de Grammont*, publié par M. de Lescure, 1 vol. — Regnard. *Théâtre*, publié par G. d'Heylli, 2 vol. — Courier (P.-L.). *Œuvres*, avec préface de F. Sarcey, 3 vol. — *Satyre Ménippée*, publié par Ch. Read, 1 vol. — Malherbe. *Poésies*, publié par P. Blanchemain, 1 vol. — Corneille. *Théâtre*, publié par Jouaust, préface de V. Fournel, 5 vol. — Diderot. *Œuvres choisies*, publié par D. Jouaust, préface par P. Albert, 6 vol. — Chamfort. *Œuvres choisies*, publié par M. de Lescure, 2 vol. — Rivarol. *Œuvres choisies*, publié par M. de Lescure, 2 vol. — Racine. *Théâtre*, publié par Jouaust, préface de V. Fournel, 3 vol. — Marivaux. *Théâtre*, publié par F. de Marescot et D. Jouaust ; préface de F. Sarcey, 2 vol. — La Bruyère. *Les Caractères*, publié par Louis Lacour, 2 vol. — Molière. *Théâtre*, publié par D. Jouaust, avec la préface de 1682, annotée par G. Monval, 8 vol. — Bossuet. *Oraisons funèbres*, publié par Armand Gasté, 1 vol. — Bossuet. *Discours sur l'Histoire universelle*, publié par A. Gasté, 2 vol. — Chénier (André). *Poésies*, publié par Eugène Manuel, 1 vol. — Rabelais. *Les Cinq livres* de F. Rabelais, avec notice par Paul Lacroix, 4 vol. — Sacountala, de Calidâsâ, trad. par Bergaigne et Lehugeur, 1 vol. — Montaigne. *Essais*, publié par H. Motheau et D. Jouaust.

11. **Bibliothèque de poche** (Petite). *Paris, Quantin*, 1882-84, 4 vol. in-16, pap. de Holl. Compositions de Valton, gravées à l'eau-forte, par MM. C. Delort, Gaujean et Abot, demi-rel. dos et coins de mar. de diverses couleurs, têtes dor., non rog., couv. (*Randeynes*).

Maistre (Xavier de). Voyage autour de ma chambre. — Le Sage. Turcaret. — Beaumarchais. Le Mariage de Figaro. — Le Barbier de Séville, 2 vol.

12. **Bibliothèque des chefs-d'œuvres du roman contemporain,** publiée par Quantin, illustrée d'eaux-fortes, 14 vol. in-8, demi-rel. dos et coins de mar. bleu, têtes dor., non rog., couv.

Balzac. Le Père Goriot et la Cousine Bette, 2 vol. — Ch. de Bernard

Gerfaut. — J. Claretie. Monsieur le Ministre. — A. Daudet. Sapho. — O. Feuillet. Monsieur de Camors. — G. Flaubert. Salammbô. — G. Flaubert. Madame Bovary. — De Goncourt. Germinie Lacerteux. — Lamartine. Raphaël. — G. Sand. La Mare au Diable et Mauprat, 2 vol. — A. de Vigny. Cinq-Mars, 2 vol.

13. **Bibliothèque des Dames**, publiée par Jouaust, illustrée de frontispices, gravés par A. Lalauze, 15 vol. in-16, demi-rel. dos et coins de mar. de couleurs différentes, dos ornés, têtes dor., non rog., couv.

1° **Mme d'Aulnoy.** Les Contes des Fées, ou les Fées à la mode. Contes choisis publiés en deux volumes, avec une préface par M. de Lescure, 2 vol.

2° **Souvenirs de Mme de Caylus,** réimprimés sur l'édition originale avec la préface et les notes de Voltaire et une notice par Jules Soury, 1 vol.

3° **Demoustier.** Lettres à Émilie sur la Mythologie, avec une Préface par Paul Lacroix, 3 vol.

4° **Œuvres choisies de Mme Des Houllières,** avec une préface par M. de Lescure, 1 vol.

5° **Mme de Krudener.** Valérie, publiée par D. Jouaust d'après l'édition originale, 1 vol.

6° **Œuvres morales de la Mise de Lambert,** précédée d'une étude critique par M. de Lescure, 1 vol.

7° **Legouvé.** Le mérite des femmes, avec une préface de Ernest Legouvé et des extraits de son histoire morale des femmes, 1 vol.

8° **La Vie de Marianne,** par Marivaux, précédée d'une notice par M. de Lescure, 3 vol.

9° **Mémoires de Mme Roland,** avec une préface par Jules Claretie, 2 vol.

14. **Bibliothèque des Mémoires** relatifs à l'histoire de France, publiée avec notes, préfaces, tables et index. *Paris, Librairie des Bibliophiles*, 1888-1891, 12 vol. in-12, demi-rel. dos et coins de chagrin bleu, têtes dor., non rog., couv.

Mémoires de l'abbé de Choisy, 2 vol. — Mémoires d'Agrippa d'Aubigné. — Mémoires de Louvet de Couvray, 2 vol. — Mémoires sur la Bastille. — Mémoires de Madame de La Fayette. — Mémoires de la duchesse de Brancas. — Mémoires de Marmontel, 3 vol. — Mémoires de Madame du Hausset.

15. **Bourget** (Paul). L'Emigré. *Paris, Plon-Nourrit et Cie, s. d.*, in-12, demi-rel. dos et coins de mar. bleu, dos orné, tête dor., non rog. *(Blanchetière-Bretault)*.

Edition originale, avec la couverture.
L'un des **100** exemplaires sur **papier de Hollande** (n° 72).

16. **CABINET DU BIBLIOPHILE**, publié par D. Jouaust. 37 vol. in-16, demi-rel. dos et coins de mar. de diverses couleurs, têtes dor., non rog., couv.

Le Premier Texte de La Bruyère. — La Chronique de Gargantua. — La Puce de Mme Desroches. — Le Premier Texte de La Rochefoucauld. — Amusements sérieux et comiques de Dufresny. — Lettres Turques, de Saint-Foix. — Satires de Dulorens. — Poésies de Tahureau, 2 vol. — Maximes de Mme de Sablé. — Elégeis de Jean Doublet. — Le Traicté de Getta et d'Amphitryon. — Lettres et Poésies inédites de Voltaire. — La Chronique de Pantagruel. — L'Enfer. — Les Marguerites de la Marguerite, 4 vol. — Le Disciple de Pantagruel. — Le Printemps. — Louise Labé. — Courval-Sonnet, 3 vol. — Marie de Romieu. — Le Texte primitif de la Satyre Ménippée. — Légende de Pierre Faifeu. — Le Premier Texte de Mme de Sévigné. — Poésies de Claude Buttet, 2 vol. — Premières Satires de Dulorens. — Fables d'Esope. — Poésies inédites de P. Motin. — Satires de P. Motin. — Satires de Louis Petit. — Les Lunettes des Princes. — La Friquassée crotestyllonnée.

17. **Causeries de Lucine** (Les). Etudes de psychologie sexuelle, préface du Docteur Minime. *Paris, Lucien Gougy, s. d.*, in-8, titre r. et n., texte encadré d'un fil. r., mar. rouge, dos orné et mosaïqué, fil. sur les plats, bande de mar. rouge avec branches de fleurs en mosaïque de mar. vert et mauve dans un encadrem. de fil. dor., tête dor., non rog., couv. (*Blanchetière-Bretault*).

L'un des **25** exemplaires tirés sur **papier du Japon** (n° XVIII).

18. **Champfleury.** Le Violon de faïence. Nouvelle édition illustrée de 34 eaux-fortes de Jules Adeline. Avant-propos de l'auteur. *Paris, L. Conquet*, 1885, pet. in-8, mar. citron, composition ovale mosaïque fleurettes et feuilles or et coul., fil. dor., 5 fil., intér., tête dor., non rog., couv., étui. (*René Kieffer*).

L'un des **75** exemplaires tirés sur **papier du Japon** (n° 111), contenant, sur le faux-titre, une **aquarelle originale** de **Jules Adeline**, l'illustrateur du livre, une **lettre autographe de Champfleury** et 2 eaux-fortes sur Chine collé.

19. **CHEFS-D'ŒUVRES ANTIQUES** (Petits). *Paris, Quantin*, 1878-1889, 14 vol. in-32, en-têtes et encadrements en plusieurs tons, mar. de diverses couleurs, dent. int., tr. dor. sur brochure, couv. (*Blanchetière-Bretault*).

Collection complète : Apulée. L'Amour et Psyché. — Longus. Daphnis et Chloé. — Musée. Héro et Léandre. — Ovide. Les Amours. — Tatius. Leucippe et Clitophon. — Lucien. Dialogues des Courtisanes. — Virgile. Les Bucoliques. — Anacréon et Sapho. Poésies. — Apollonius de Rhodes. Jason et Médée. — Horace. Odes et Epodes. — Théocrite. Les Idylles. — Properce. — Les Elégies. — Lucius. L'Ane. — Catulle. Odes à Lesbie et Epithalame de Thétis et Pélée.

L'un des **50** exemplaires numérotés sur **papier du Japon.**

20. **Chefs-d'œuvres inconnus**. *Paris, Librairie des Bibliophiles*, 1881-1889, 18 vol. in-12, demi-rel. dos et coins de mar. de couleurs diverses, têtes dor., non rog., couv.

Restif de la Bretonne. Louise et Thérèse. — De Bastide. La Petite Maison. — Hérault de Sechelles. Voyage à Montbard. — Mlle Clairon. L'Amitié de deux jolies femmes. — Psaphion ou la Courtisane de Smyrne. — Bailleul. Almanach des bizarreries humaines. — Villeterqué. Les Veillées d'un malade. — La Chaussée. Contes et poésies. — Voisenon (L'abbé). Anecdotes littéraires. — Duclos. Les Confessions du Comte de ***. — D'Alembert. Le Tombeau de Mlle Lespinasse. — Meunier de Querlon. Les Soupers de Daphné. — Saint-Lambert. Les Porcherons. — Coyer (L'Abbé). Bagatelles morales, etc., etc.

21. **CHEFS-D'ŒUVRES** (Les petits) publiés par D. Jouaust. 55 vol. in-12, demi-rel. dos et coins de mar. rouge, têtes dor., non rog.

Voyage autour de ma chambre. — Turcaret. — Ver-vert. — La Servitude volontaire. — Contes d'Hamilton, 4 vol. — Voyage de Chapelle et de Bachaumont. — L'Art d'aimer. — Le Méchant. — Le Temple de Gnide. — Le Neveu de Rameau. — Voyage en Laponie. — La Chaumière indienne. — Lettres Portugaises. — La Farce de Pathelin. — La Gastronomie. — La Métromanie. — Le Diable amoureux. — La Dot de Suzette. — Mémoires de Perrault. — Lettres de Mlle Aissé. — Ourika. — Madrigaux de La Sablière. — Edouard. — Adolphe. — Clavijo. — Le Philosophe sans le savoir. — Mlle de Clermont. — Contes d'Hégésippe Moreau. — Réflexions sur le Divorce. — Discours sur les passions de l'amour. — Conseils à une amie. — Œuvres choisies de Gilbert. — Rêveries du promeneur solitaire. — Chansons d'Hégésippe Moreau. — Mémoires d'un Jeune Espagnol. —

Le Glorieux. — La Coupe enchantée. — Est-il bon ? est-il méchant ? — Fables de Fénelon. — Mademoiselle de Combes. — Les Matinées du roi de Prusse. — La Chercheuse d'esprit. — Lettres du Prince de Ligne à la Marquise de Coigny. — Mémoires de Voltaire. — Le Cercle, ou la Soirée a la mode. — Discours de la Méthode, par Descartes. — Œuvres choisies de Dorat. — Du Contrat social. — La Surprise de l'Amour. — Paroles d'un Croyant — Anecdotes sur le maréchal de Richelieu. — Œuvres choisies du chevalier de Bonnard.

22. **Clémenceau** (Georges). Les Plus Forts, roman contemporain. *Paris, E. Fasquelle*, 1898, in-12, demi-rel. dos et coins de mar. rouge, tète dor., non rog.

Edition originale, avec la couverture.
L'un des **20** exemplaires sur **papier de Hollande** (n° 8).

23. **Collection Bijou,** pub. par Jouaust, 1872-1889, 4 vol. in-16, pap. vél. de Holl., texte encadré de fil. rouges. Dessins d'Em. Lévy, Ranvier et Rochegrosse, gravés à l'eau-forte. Dessins de Giacomelli, gravés sur bois, demi-rel. dos et coins de mar. de diverses couleurs, dos ornés et mosaïqués, tètes dor., non rog., couv.

Longus. Daphnis et Chloé, traduction d'Amyot. — La Fontaine. Psyché. — Le Tasse. Aminte, traduction du sieur de La Brosse. — Eschyle. L'Orestie, traduction d'Alexis Pierron.

24. **Collection Calmann-Lévy**. *Paris. Calmann-Lévy*, 1883-1888, 9 vol. in-16, demi-rel. dos et coins de mar. de nuances diverses, dos ornés ou mosaïqués, tètes dor., non rog.

Exemplaires avec les figures imprimées hors texte.
La famille Cardinal. — Carmen. — Le Colonel Chabert. — Julia de Trécœur. — Le Drapeau. — Le nez d'un notaire. — Un début dans la Magistrature. — Herminie. — La Marquise.

25. **Collection « Chardon bleu »**. *Paris, Borel*, 1895-96, 4 vol. in-18. fig., mar. de diverses couleurs, dent. int., têtes dor., non rog., couvertures. (*Randeynes*).

G. Keller. Roméo et Juliette au Village. — C. Bruno. Madame Florent. — Ch. Nodier. La Neuvaine de la Chandeleur. — A. Theuriet. Josette.
Exemplaires numérotés sur **papier du Japon** (n° 9).

26. **COLLECTION DE L'ACADÉMIE DES GONCOURT**. *Paris, Librairie de la Collection des Dix. A Romagnol, éd., s. d.*, 11 vol. pet. in-8, br., couvertures.

L'un des **200** exemplaires tirés sur **papier vélin d'Arches**.
Goncourt (E. et J. de). Les Aventures du jeune baron de Knifausen : illustrations et gravures de Louis Morin. — **Alphonse Daudet**. La Comtesse Irma : illustrations et gravures en coul. de Pierre Vidal. — **J.-K. Huysmans**. Le Quartier Notre-Dame : ill. et grav. de Ch. Jouas. — **Léon Hennique**. Benjamin Rozes ; illust. et grav. de Vadasz. — **Octave Mirbeau**. Dans l'Antichambre (histoire d'une minute . ill. d'Edg. Chahine. — **Paul Margueritte**. A la mer ; ill. d'Henri Zo, gr. sur bois par Gaspe, Piselli, etc. — **Lucien Descaves**. Flingot ; compositions et grav. à l'eau-forte de G. Jeanniot. - **J.-H. Rosny**. Bérénice de Judée ; ill. de Léonce de Joncières, grav. à l'eau-forte. — **Gustave Geffroy**. La Servante ; ill. de Géo-Dupuis. — **Léon Daudet**. Un Sauvetage ; ill. de Ch. Fouqueray, reprod. en coul. par Fortier-Marotte. — **Elémir Bourges**. L'Enfant qui revient ; ill. en coul. de Louis Malteste.

27. **Collection Georges Hurtrel**. *Paris*, 1882-1886, 5 vol. in-12, fig., br.

Les Amours de Catherine de Bourbon et du Comte de Soissons. — Les Aventures romanesques d'un comte d'Artois. — La Grande Diablerie, poème du XVe siècle, par Eloy d'Amerval. — Le Premier grenadier de France. La Tour d'Auvergne, par Paul Déroulède. — La belle Armurière par P. Dive et Ducère.

28. **Collection Lahure**. *Paris, Lahure. Rouveyre et Blond*, 1883-1884, 3 vol. in-8, pap. vél. teinté, br., couv. ill. en coul.

Le Conte de l'Archer, par A. Silvestre, aquarelles de A Poirson, gravées par Gillot. — Voyage de Paris à Saint-Cloud par mer, et retour de Saint-Cloud à Paris par terre, par Néel, aquarelles de Jeanniot, gravées par Gillot. — La Matrone du Pays de Soung. Les Deux Jumelles (Contes Chinois), aquarelles de V. A. Poirson.

29. **Collection Lemerre illustrée**. *Paris, Alphonse Lemerre*, 1893-1896, 15 vol. in-32, illustrés de gravures sur bois, couv. illust.

Paul Bourget. Un Saint ; Steeple Chasse ; Un Scrupule. — François Coppée Henriette ; Contes tout simples ; Rivales. — De Hérédia. La Nonne Alferez. — Alfr. de Musset. Frédéric et Bernerette ; Le Fils du Titien. — Marcel Prévost. Le Moulin de Nazareth. — Stendhal. L'Abbesse de Castro. — And. Theuriet. L'abbé Daniel ; Rose Lise. — Marcel Prévost. Mariage de Juliette. — A. de Musset. Mimi-Pinson.

30. **Collection « Lotus Alba »**. *Paris, Borel*, 1897-99, 12 vol. in-18, fig., mar. de diverses couleurs, têtes dor., non rog., couv. (*Rel. de l'Editeur*).

Jean Lorrain. Loreley. — Enacryos. La Flûte de Pan. — J.-H. Rosny. Nomaï. — Jean Lorrain. Princesse d'Italie. — J. Soldanelle. Bérénice de Judée. — G. d'Esparbès. Le Régiment. — J.-H. Rosny. La Silencieuse. — William Ritter. Myrtis et Korinna. — Pierre Louys. Byblis. — Une Volupté nouvelle. — Pierre Louys. Léda. — De Robert. La Première Femme.
Exemplaires tirés sur **papier du Japon**.

30 bis. **Collection « Lotus bleu »**. *Paris, Librairie Borel. — E. Guillaume, directeur*, 1895-97, 21 vol. in-18, fig., br., couvertures.

Alphonse Daudet. Contes d'Hiver. — Emile Zola. Pour une Nuit d'Amour. — Alphonse Daudet. Trois souvenirs. — De Goncourt. Une premiere Amoureuse. — Alphonse Daudet. L'enterrement d'une Etoile. — J.-H. Rosny. Elem d'Asie. — Jean Lorrain. Une Femme par jour. — Abel Hermant. Deux Sphinx. — Emile Zola. Madame Neigeon. — Jules Claretie. La Divette. — Robert de Flers. La Courtisane Taïta et son Singe vert. — J.-H. Rosny. Nouvel Amour. — André Theuriet. Philomène. — Jean Lorrain. M. de Bougrelon. — C. Lemonnier. — L'Aumône d'Amour. — J.-H. Rosny. La Tentatrice. Georges Beaume. Perrette. — Jean Viollis. L'Emoi. — André Theuriet. Lolia. — Frédéric Masson. Marie Valewska. — Ch. Nodier. Thérèse Aubert.

31. **Collection « Nelumbo »**. [Petite Collection Guillaume]. *Paris, E. Dentu*, 1892-94, 34 vol. in-24, papier vélin, fig., br., couvertures.

Bernardin de Saint-Pierre. Paul et Virginie. — Gœthe. Werther. Hermann et Dorothée, 2 vol. — N. Sastri. Le Porteur de Sachet. — Alphonse Daudet. L'Arlésienne. Numa Roumestan. Entre les Frises et la Rampe, 3 vol. — L'Abbé Prévost. Manon Lescaut. — Edgar Poe. Le Scarabée d'Or. — Byron. Le Corsaire. — De Goncourt. Armande. — Chateaubriand. Atala. — Roman coreen ; Printemps parfumé (Traduction de J.-H. Rosny). — Da Porto. Juliette et Roméo. — Diderot. La Religieuse. — Cervantès. La Jitanilla. — La Fontaine. L'Amour et Psyché. — Cazotte. Le Diable amoureux. — Chamisso. Pierre Schlemihl. — Valmiki. L'Exil de Rama. — Sterne. Voyage sentimental. — Tolstoï. Michaïl. La Mort d'Ivan Iliitch 2 vol. — Dickens. Le Grillon du Foyer. — Les Eddas. Sigurd. — Roman égyptien : Tabubu. — Jokaï. Rêve et Vie. — Shakespeare. Le Songe d'une Nuit d'Eté. — Vyasa. Sakountala. — La Motte-Fouqué. Ondine. — Ch. Nodier. Jean Sbogar, Séraphine. Inès de Las Sierras, 3 vol. — Ch. Perrault. Contes.

31 bis. **Collection « Nymphée »**. *Paris, Borel*, 1895-1901, 15 vol. pet. in-8 allongé, demi-rel. dos et coins de mar. de

diverses couleurs, dos ornés et mosaïqués, têtes dor., non rog., couv. (*Randeynes*).

Hugues Rebell. La Nichina. — M. Maindron. Le Tournoi de Vauplassans. — François de Nion. Les Façades. Pierre — Louys. La Femme et le Pantin. — Louis de Robert. Un Tendre. — Hugues Rebell. L'Espionne impériale. — Paul Bourget. L'Ecran. — P. Castanier. La Courtisane de Memphis. — Ernest Hugny. Sinorix. — R. Scheffer. L'Ile aux Baisers. — P. Castanier. La Fille de Crésus. — Frédéric Masson. Napoléon et les Femmes. — Jules Claretie. Le Prince Zilah. — Paul Adam. Le Vice filial. — Enacryos. Amour étrusque.

Exemplaires tirés sur **papier du Japon**.

32. **Collection Ollendorff illustrée.** *Paris*, 1895-1900, 23 vol. in-12, allongé, br., couv. illust.

Exemplaires numérotés sur **papier de Chine**

Jean Rameau. Yvan. Illustrations de Maxime Guyon. — Abel Hermant. Illustrations de J.-E. Blanche. — Georges Rodenbach. La Vocation. Illustrations de H. Cassiers. — Jules Case. La Volonté du Bonheur. Illustrations de André Brouillet (demi-rel. dos et coins de chag. La Vallière, dos orné et mosaïqué, tête dor., non rog., couv.). — Francisque Sarcey. Grandeur et Décadence de Minon-Minette. — Pataud. Illustrations de Georges Redon. — Charles Foley. Les Cornalines. Illustrations de Louis Edouard. Fournier. — Georges Ohnet. La Fille du Député. Illustrations de René Lelong. — Paul Perret. La Robe. Illustrations de P. Kauffmann. — André Theuriet. Années de Printemps. Illustrations de Maximilienne Guyon. — Henry Roujon. Miremonde. Illustrations de M.-G. Mendez. — J.-H. Rosny. Le Serment. Illustrations de Lucien Métivet. — Fernand Vandérem. La Patronne. Illustrations de Pierre Vidal. — Emile Pouvillon. Mademoiselle Clémence. Illustrations de Jeanniot. — Edouard Rod. L'Innocente. Illustrations de L. Kowalcky. — Louis d'Harcourt. Le Sabre du Notaire. Mémoires d'un poltron. Illustrations de Charles Morel. — George Rodenbach. L'Arbre. Illustrations de Pinchon. — Pierre Gauthiez. Ombres d'Amour. Illustrations de F. Courboin. — Pierre Valdagne. Une Rencontre. Illustrations de Maurice de Lambert. — Carmen Sylva. Par la Loi, traduction de Georges. — A. Mandy. Illustrations de Minartz. — Armand Silvestre. Les Fleurs amoureuses. Illustrations de Louis Le Riverend. — Jules Case. Les Sept Visages. Illustrations d'Andréas. — Camille Lemonnier. Le Bon Amour. Illustrations de V. Mignot. — Louis de Robert. Minette. Illustrations de Dutriac.

33. **Collection « Papyrus ».** *Paris, Borel*, 1895-97, 5 vol. in-18, fig., br., couv. illust.

J.-H. Rosny. Les Origines. — Textes originaux : Egyptiens et Sémites. Homère. L'Iliade ; 2 vol. — L'Odyssée.

34. **Constant** (B.). Le « Cahier Rouge » de Benjamin Constant, publié par L. Constant de Rebecque. *Paris, Calmann-*

Lévy, s. d., in-8, portr. de Benjamin Constant à 6 ans, br., couv.

L'un des **100** exemplaires tirés sur **papier du Japon** (nº 26).

35. **Conteurs du XVIIIe siècle** (Petits) ; publiés avec notices bio-bibliographiques par Octave Uzanne. *Paris, A. Quantin*, 1878-1883, 12 vol. pet. in-8, portraits gr., fac-similés d'autogr., en têtes et culs-de-lampe à l'eau-forte dans le goût du XVIIIe siècle ; demi-rel. dos et coins de mar. de diverses couleurs, dos ornés et mosaïqués, têtes dor., non rog., couv. (*Randeynes*).

I. Contes de l'abbé de Voisenon. — II. Contes du chevalier de Boufflers. — III. Facéties du comte de Caylus. — IV. Contes dialogués de Crébillon fils. — V. Contes d'Augustin de Moncrif. — VI. Contes du chevalier de La Morlière. — VII. Contes de Duclos. — VIII. Contes de Cazotte. — IX. Contes de Restif de la Bretonne. — X. Contes du baron de Besenval. — XI. Contes de Fromaget. — XII. Contes de Godard d'Aucourt.

On a ajouté : les eaux-fortes pour illustrer les « Petits Conteurs » (1 frontispice de 5 sujets pour chaque conte) compositions de Géry-Bichard, Poirson, Dubouchet, F. Millius, Paul Avril, Ch. Lepec, R. de Los-Rios, Mongin ; gravées par Géry-Bichard, Mongin, Henriot, Millius, Gaujean, Lepec, Los-Rios, P. Avril. (Manque les eaux-fortes des contes de Besenval et de Godard d'Aucourt).

L'un des **30** exemplaires sur **papier Whatman blanc** (nº 39) contenant les eaux-fortes en 2 états, *avec* la lettre sur Whatman, et *avant* la lettre tirées en sanguine sur Chine.

36. **Les Conteurs français**, *publiés par Jouaust*, 10 vol. in-8, demi-rel. dos et coins de chagrin, têtes dor., non rog., couv.

Nouvelles récréations et joyeux devis de Bonaventure des Périers publiés par Louis Lacour, 2 vol. — Contes et discours d'Eutrapel, de Noël du-Fail, publiés par C. Hippeau, 2 vol. — Matinées et après-disnées de Cholières, publiées avec une préface de Paul Lacroix, notes et glossaire par D. Jouaust, 2 vol. — Heptaméron des contes de la Reine de Navarre, publié avec notice, notes, glossaire et index, par Paul Lacroix, 2 vol. — L'Elite des contes du sieur d'Ouville, publiée avec préface et notes par G. Brunet, 2 vol.

37. **Courteline** (Georges). Un Client sérieux. *Paris, E. Flammarion, s. d.*, in-12, demi-rel. dos et coins de mar. rouge, dos mosaïqué, tête dor., non rog. (*Blanchetière-Bretault*).

Edition originale, avec la couverture illust. en coul.
L'un des **20** exemplaires sur **papier du Japon** (nº 1).

37 bis. **Courteline** (Georges). La Vie de Caserne. Le Train de 8 h. 47. Illustrations en couleurs d'Albert Guillaume. *Paris, E. Flammarion, s. d.*, in-12, demi-rel. dos et coins de mar. rouge, dos mosaïqué, tête dor., non rog., couv. illust. en coul. (*Blanchetière-Bretault*).

Exemplaire sur **papier du Japon**, signature autographe de l'auteur.

38. **Curiosités historiques et littéraires.** *Paris, Librairie des Bibliophiles*, 1884-87, 5 vol. pet. in-8, demi-rel. dos et coins de mar. de couleurs différentes, têtes dor., non rog., couv.

Les Almanachs de la Révolution, par J. Welsinger. — Piron à Beaune, par H. Bonhomme. — Parades inédites de Gueulette. — Lettres d'amour d'Henri IV, publiées par M. Lescure. — Discours sur les duels par Brantome, publiés par H. de Pène.

39. **Dante.** L'Enfer de Dante Alighieri, avec les dessins de Gustave Doré, traduction française de Pier-Angelo Fiorentino, accompagné du texte italien. *Paris, Hachette et Cie*, 1861, in-fol., cart. toile rouge de l'éditeur, fers spéciaux, non rog.

Premier tirage des illustrations de G. Doré.

39 bis. **Daudet** (Alphonse). La Mort du Dauphin. Illustrations de O. D. V. Guillonnet, gravées à l'eau-forte par Xavier. *Paris, F. Ferroud, s. d.* (1907) pet. in-4, br., couv. impr. en couleurs.

L'un des **50** exemplaires tirés sur **papier du Japon** impérial (n° 26) contenant **2 suites** des eaux-fortes.

40. **Déroulède** (Paul) — 1870 — Feuilles de route. Des Bois de Verrières à la Forteresse de Breslau. *Paris, F. Juven*, 1907, in-12, demi-rel. dos et coins de mar. rouge, dos orné et mosaïqué, tête dor., non rog. (*Blanchetière-Bretault*).

Édition originale, avec la couverture.
L'un des **50** exemplaires sur **papier de Hollande** (n° 44).

41. **Déroulède** (Paul) — 70-71 — Nouvelles Feuilles de route. De la Forteresse de Breslau aux Allées de Tourny. *Paris, F. Juven*, 1907, in-12, demi-rel. dos et coins de mar. rouge, dos orné et mosaïqué, tête dor., non rog. (*Blanchetière-Bretault*).

Edition originale, avec la couverture
Exemplaire sur **papier de Hollande** (n° 24).

42. **DINET** (Etienne). **Mirages.** Scènes de la vie arabe. Compositions de E. Dinet, commentées par Sliman Ben Ibrahim Bamer. (*Paris*), *l'Edition d'Art, H. Piazza et Cie*, 1906, in-4, 53 grandes compositions en couleurs, dont 25 hors texte, mar. La Vallière, dos orné de fil. dorés, droits et à la grecque, fil. dor. et rosaces à froid formant encadrement, fil. dor. à la grecque aux angles, doublé de mar. bleu clair, composition de style arabe, mosaïque mar. vert pâle, jaune, crême, rouge et rose, fil. et ornem. dor., formant encadrem., gardes de soie à reflets, doubles gardes, tr. dor. sur broch., couv. illust. en coul. (*Ch. Meunier, 1907*).

L'un des **348** exemplaires tirés sur **papier vélin** à la cuve des manufactures Blanchet et Kléber (n° 161).
On y a ajouté les **dessins originaux** des titres arabes hors texte, agrémentés chacun d'un encadrement or, argent et couleurs.

43. **Doucet** (Jérôme). Six belles Histoires de Chasse. Dessins (en couleurs) de Harry Eliott. *Paris, E. Blaizot*, 1907, gr. in-8, demi-rel. dos et coins de mar. vert, dos sans nerfs avec ornem. dor. et mosaïqués, fil. sur les plats, tête dor., non rog., couv. illust. en coul.

L'un des exemplaires tirés sur papier Royal Melton.

44. **Dumas fils** (Alexandre). Un Cas de rupture. Illustrations page à page par Eugène Courboin. *Paris, A. Quantin*, 1892, in-4, pap. vél., demi-rel. dos et coins de mar. lilas, dos sans nerfs, mosaïqué, tête dor., non rog., couv. illust.

45. **Dumas fils** (Alexandre). La Dame aux Camélias. Préface de Jules Janin et nouvelle préface inédite de l'auteur. Illustrations de A. Lynch. *Paris, Quantin, s. d.*, in-4, mar. bleu clair, dos orné, 6 fil. dor. sur les plats, fleurette dor. aux angles, fil. dor. et dent. intér., tête dor., non rog., couv. illust. en coul.

46. **Dumas fils** (Alexandre). Denise, pièce en quatre actes. *Paris, Calmann-Lévy*, 1885, in-8, mar. rouge, dos orné à petits fers et mosaïqué, compart. de fil. droits et au pointillé sur les plats, milieux et ornem. aux angles dor. à petits fers avec mosaïque de mar. vert, doublé de mar. vert, compart. de fil. droits et au pointillé, petite dent. formant encadrement, milieux avec initiales en mosaïque de mar. rouge et mauve, doubles gardes, tête dor., non rog. (*Allò*).

Edition originale.
L'un des **75** exemplaires tirés sur **papier de Hollande** (nº 42).
Bel exemplaire **orné de 15 dessins originaux à la plume de F. Coindre**.

47. **Dumas fils** (Alexandre). Ilka. Pile ou face. Souvenirs de jeunesse. Le Songe d'une nuit d'été. Au Docteur J. P***. Illustrations de Marold. *Paris, Calmann-Lévy*, 1896, pet. in-8, demi-rel. dos et coins de mar. bleu, dos orné et mosaïqué, tête dor., non rog. (*Champs*).

Edition originale, avec la couverture.
L'un des **125** exemplaires sur **papier de Chine** (nº 79).

48. **Dumas fils** (Alexandre). Les Femmes qui tuent, et les Femmes qui votent. *Paris, Calmann-Lévy*, 1880, in-12, mar. La Vallière dent. int., tr. dor. sur brochure (*Reymann*).

Edition originale.
L'un des **20** exemplaires tirés sur **papier de Hollande** (nº 3).

49. **Editions Borel.** *Paris*, 1900-1901, 8 vol. in-18, allongé, mar., nuances diverses, têtes dor., non rog.

L'un des quelques exemplaires tirés sur **papier du Japon**.
M. Rebell. La Saison à Bahia. — P. Brulat. Meryem. — P. Castanié.

Les Amants de Lesbos. — J. Viollis. La Récompense. — J. Baume. La Nuit de Maguelone.— De Vogué Vangelli. — Du Bois. L'Amant légal. — Louys. L'homme de pourpre.

50. **Editions Borel.** *Paris*, 1901-1903, 12 vol. in-12, allongé, demi-rel. dos et coins de mar. de couleurs différentes, dos ornés ou mosaïqués, têtes dor., non rog., couv.

L'un des 15 exemplaires sur **papier du Japon**.
L'Orgie romaine. — Maitresse de roi. — Les petites passionnées. — La Grèce antique amoureuse. — Le Lotus du Gange. — La Torera. — Scènes de Courtisanes. — Les favorites royales. — Marcilla. — Le Mime Bathyle. — Amours antiques. — Amour aux dames.

51. **Editions Delarue,** 8 vol. in-12, pap. vergé, demi-rel. dos et coins de mar. de diverses couleurs, têtes dor., non rog., couv. (*Randeynes*).

Le Moyen de parvenir, par Béroalde de Verville, 2 vol. — Œuvres de Clément Marot, 4 vol. — Pensées de Pascal, 2 vol.

52. **Editions Liseux.** *Paris*, 1875-79, 17 vol. in-12 et in-16, br., couv.

M. de Bèze. Passavant. — H. Estienne. La foire de Francfort. — Passavent. Parisien. — J. du Bellay. Les Regrets. — Remontrances aux français. — Facéties de Pogge, 2 vol. — Grimarest. Vie de Molière. — Tacite. La Germanie. — Plume et Pinceau de J. Troubat. Boulimes Villanellos, etc.

53. **Erasme.** Les Colloques ; nouvellement traduits par Victor Develay, et ornés de vignettes gravées à l'eau-forte par J. Chauvet. *Paris, Librairie des Bibliophiles*, 1875-76, 3 vol. in-8, portr. et fig., demi-rel. dos et coins de mar. La Vallière foncé, dos ornés et mosaïqués, têtes dor.. non rog., couv. (*Blanchetière-Bretault*).

Tiré à 240 exemplaires numérotés (n° 40).
L'un des **20** sur **papier Whatman** avec les épreuves des gravures avant la lettre.

54. **Esparbès** (Georges d'). Le Briseur de Fers. Invasion du Général Humbert en Irlande. Chant Bardique. Couverture en couleurs de Widhopff. *Paris, L. Michaud, s. d.*, in-12,

figure et portr., demi-rel. dos et coins de mar. rouge, dos mosaïqué, tête dor., non rog.

Edition originale, avec la couverture.
L'un des **10** exemplaires sur **papier vergé de Hollande** (n° 6).

55. **Esparbès** (Georges d'). La Légende de l'Aigle. Compositions de François Thévenot, gravées par Florian et Romagnol. *Paris, Librairie de la Collection des Dix*, 1901, in-4, br., couv. illust.

Tiré à 350 exemplaires numérotés (n° 193).
L'un des **255** sur **papier vélin** à la forme, fabriqué spécialement par les Papeteries d'Arches.

56. **Fabre** (Ferdinand). Le Roi Ramire. *Paris, Charpentier et Cie*, 1884, in-12, demi-rel. dos et coins de mar. grenat, tête dor., non rog.

Edition originale, avec la couverture.
L'un des **20** exemplaires sur **papier de Hollande** (n° 4).

57. **Figaro illustré**. *Paris*, 1890-1903, 14 vol. in-folio, fig., demi-rel. chag. rouge, têtes dor., non rog.

58. **FLAUBERT** (Gustave). **Œuvres complètes**. Edition définitive d'après les manuscrits originaux. *Paris, A. Quantin*, 1885, 8 vol. gr. in-8, portr. gr. à l'eau-forte par H. Toussaint, d'après C. Commanville, br., couv.

L'un des **100** exemplaires tirés sur **papier de Hollande** (n° 83), avec double épreuve du portrait, avant la lettre sur Japon et avec la lettre sur Hollande.

Exemplaire enrichi de **38 aquarelles originales** par **Pierre Vidal** (dont 4 à pleine page), aux volumes de l'*Education sentimentale*.

1° de **80 Croquis** ébauches et dessins, montés, de **Ch. Huard** pour illustrer *Bouvard et Pécuchet* ;

2° **2 aquarelles originales** de **Ch. Huard** pour le même roman ;

3° **20 aquarelles originales** par **Pierre Vidal**, inédites, pour illustrer *Madame Bovary* ;

4° Environ **425** gravures de **Avril**, **Boilvin**, **Fourié**, **Poirson**, **Richemond**, **Robaudi**, **Rochegrosse**, **Vidal**, en tous états, épreuves avant la lettre. Eaux-fortes, épreuves avec remarques, épreuves avec corrections, etc., etc., pour illustrer Madame Bovary, Au bord de la Cange, Salammbô, La Tentation de Saint Antoine, Hérodias, Un Cœur simple, Chronique de Saint Julien l'Hospitalier.

59. **France** (Anatole). Balthazar et la Reine Balkis. Aquarelles originales d'après Henri Caruchet. *Paris, L. Carteret et Cie, Succ.*, 1900, in-8 carré, br., couv. illust.

Exemplaire sur **Japon** (offert par l'Editeur), contenant le tirage à part en noir de toutes les illustrations.

60. **France** (Anatole). Clio. Illustrations (en couleurs) de Mucha. *Paris, Calmann-Lévy*, 1900, pet. in-8 carré, br.

Edition originale, avec la couv. illust. en coul.
L'un des **100** exemplaires sur **papier du Japon** (n° 92).

61. **France** (Anatole). Crainquebille, Putois, Riquet et plusieurs autres récits profitables. *Paris, Calmann-Lévy, s. d.*, in-12, br.

Edition originale, avec la couverture.
L'un des **100** exemplaires sur **papier de Hollande** (n° 57).

62. **France** (Anatole). Le Crime de Sylvestre Bonnard, membre de l'Institut. *Paris, Calmann-Lévy*, 1903, in-12, br.

Edition définitive entièrement remaniée par l'auteur.
L'un des **50** exemplaires sur **papier de Hollande** (n° 45).

63. **France** (Anatole). Discours prononcé à l'inauguration de la statue d'Ernest Renan à Tréguier. *Paris, Calmann-Lévy, s. d.*, in-12, br.

Edition originale, avec la couverture.
L'un des **50** exemplaires sur **papier de Hollande** (n° 33).

64. **France** (Anatole). Histoire Comique. *Paris, Calmann-Lévy, s. d.*, in-12, br.

Edition originale, avec la couverture.
L'un des **100** exemplaires sur **papier de Hollande** (n° 67).

65. **FRANCE** (Anatole). Histoire de Dona Maria d'Avalos et de don Fabricio, duc d'Andria, manuscrite et enluminée par Léon Lebègue. *Paris, Librairie des Bibliophiles*, 1902, in-4, br., couv.

L'un des **200** exemplaires sur **papier vergé d'Arches** (n° 169) contenant une double suite en noir tirée sur papier de Chine.

66. **France** (Anatole). L'Ile des Pingouins. *Paris, Calmann-Lévy, s. d.*, in-12, br.

Edition originale, avec la couverture.
L'un des **125** exemplaires sur **papier de Hollande** (n° 37).

67. **France** (Anatole). Le Jongleur de Notre-Dame. Texte calligraphié, enluminé et historié par Malatesta. *Paris, Ferroud*, 1906, in-8, en feuilles, dans le cartonnage de l'éditeur.

L'un des **180** exemplaires tirés sur **papier du Japon** (n° 58).

68. **France** (Anatole). La Leçon bien apprise, conte inédit. Imagé et Manuscrit par Léon Lebègue, tiré en deux tons sur un superbe vélin du Japon, et entièrement aquarellé à la main sous la direction de l'artiste, double tirage des gravures en noir avant le texte sur Chine. *Paris, Imprimé pour les Bibliophiles indépendants, H. Floury*, 1898, in-8, br., couv. illust. en coul.

Tiré à 210 exemplaires numérotés (n° 150).

69. **France** (Anatole). Lucie de Chateaubriand, ses Contes, ses Poèmes, ses Lettres, précédés d'une Etude sur sa vie, par Anatole France. *Paris, Charavay frères*, 1879, in-12, avec une vue du Château de Combourg, br.

Edition originale, avec la couverture illustrée.
Exemplaire sur **papier de Hollande**.

70. **France** (Anatole). Madame de Luzy. Dix compositions dessinées et gravées par Ad. Lalauze. *Paris, A. Ferroud*, 1902, in-12, br., couv. illust.

L'un des **30** exemplaires tirés sur **papier du Japon** (n° 37), contenant **3 états** des eaux-fortes, dont l'eau-forte pure avec remarque.

71. **France** (Anatole). Le Mannequin d'Osier. *Paris, Calmann-Lévy*, 1897, in-12, br.

Edition originale, avec la couverture.
L'un des **50** exemplaires sur **papier de Hollande**.

72. **France** (Anatole). Mémoires d'un volontaire. Compositions de Adrien Moreau, gravées à l'eau-forte par Xavier Lesueur. *Paris, A. Ferroud*, 1902, in-8, br., couv.

Exemplaire tiré sur papier vélin d'Arches (Offert par l'Editeur).

73. **France** (Anatole). Monsieur Bergeret à Paris. *Paris, Calmann-Lévy, s. d.*, in-12, br.

Edition originale, avec la couverture.
L'un des **50** exemplaires sur **papier du Japon** (n° 37).

74. **France** (Anatole). Les Opinions de M. Jérôme Coignard. *Paris, Calmann-Lévy*, 1893, in-12, cart. toile verte, non rog.

Edition originale, avec la couverture.
L'un des **20** exemplaires sur **papier du Japon** (n° 4).

75. **France** (Anatole). L'Orme du Mail. *Paris, Calmann-Lévy*, 1877, in-12, cart. dos et coins de mar. vert foncé, tête dor., non rog.

Edition originale, avec la couverture.
L'un des **50** exemplaires sur **papier de Hollande**.

76. **France** (Anatole). Au Petit Bonheur, comédie en un acte. *Paris, Calmann-Lévy, s. d.*, in-12, br.

Edition originale, avec la couverture.
L'un des **60** exemplaires sur **papier de Hollande** (n° 44).

77. **France** (Anatole). Pierre Nozière. *Paris, A. Lemerre*, 1869, in-12, br.

Edition originale, avec la couverture.
L'un des **100** exemplaires sur **papier de Hollande** (n° 21).

78. **France** (Anatole). Les Poëmes dorés. *Paris, A. Lemerre*, 1873, in-12, demi-rel. mar. vert, tête dor., non rog. (*Champs*).

Edition originale, avec la couverture — Rare.

79. **FRANCE** (Anatole). **Le Procurateur de Judée.** *Paris, Société des Amis des Livres*, 1902, in-12, fig., br., couv.

Tiré à 130 exemplaires numérotés (n° 130). Publié sous la direction de MM. Victor Mercier et Raymond Claude Lafontaine, d'après l'édition originale tirée de l'Etui de Nacre.

Compositions de Aug.-Fr. Gorguet, gravées à l'eau-forte par Louis Muller.

Texte buriné par Frédéric Pimpe.

Tirage en taille-douce par Wittmann.

80. **France** (Anatole). Le puits de Sainte Claire. *Paris, Calmann-Lévy*, 1895, in-12. br.

Edition originale, avec la couverture.

L'un des **55** exemplaires sur **papier de Hollande** (n° 1).

81. **France** (Anatole). Sainte Euphrosine. Les actes de la vie de Sainte Euphrosine d'Alexandrie, en religion frère Smaragde, tels qu'ils furent rédigés dans la laure du Mont-Athos par Georges Diacre, vignettes et encadrements de L. Ed.-Fournier, les vignettes gravées à l'eau-forte par E. Pennequin, les encadrements gravés sur bois par Marie. *Paris, F. Ferroud*, 1906, in-4, carré, br., couv.

Tiré à 225 exemplaires numérotés (n° 61).

L'un des 20 sur **Japon ancien**, contenant deux états des eaux-fortes dont l'état avec remarque et la suite des encadrements.

82. **France** (Anatole). Sur la Pierre blanche. *Paris, Calmann-Lévy, s. d.*, in-12, br.

Edition originale, avec la couverture.

L'un des **100** exemplaires sur **papier de Hollande** (n° 46).

83. **France** (Anatole). Thaïs. Compositions de Paul-Albert Laurens, gravures à l'eau-forte de Léon Boisson. *Paris, Librairie de la Collection des Dix, A. Romagnol*, 1900, gr. in-8, mar. bleu clair, dos mosaïqué, cuir modelé, de tons divers, couvrant le premier plat, oiseau doré au milieu du second plat, doublé de mar. grenat, fil. dor. fleurettes et ornements dor. et mosaïqués formant cadre, gardes de soie

grenat, doubles gardes, tr. dor. sur broch., couv. illust., chemise de mar. bleu clair, étui. (*Lahaye*).

L'un des 175 exemplaires tirés sur papier vélin de cuve d'Arches (nº 189), contenant un état de toutes les illustrations.

84. **France** (Anatole). Le Tombeau de Molière, décoré d'un portrait de Molière par G. Jeanniot, gravé par Ernest Florian. *Paris, E. Pelletan*, 1908, plaq. in-4, demi-rel. dos et coins de mar. grenat foncé, tête dor., non rog., couv. (*Blanchetière-Bretault*).

Exemplaire sur **papier du Japon ancien** (nº 13) avec le portrait de Molière et la couronne de laurier tirés à part sur Chine volant.

85. **France** (Anatole). Vers les Temps meilleurs, 3 vol. — L'Eglise et la République, 1 vol. *Paris, Edouard Pelletan*, 1904-1906, 4 vol. pet. in-8, br.

Editions originales, avec les couvertures.
Exemplaires sur **papier de Hollande**.

86. **France** (Anatole). Vie de Jeanne d'Arc. *Paris, Calmann-Lévy, s. d.*, 2 vol. in-8, mar. bleu, dos ornés de 6 fil. droits et entrelacés, 3 fil. sur les plats, doublés de mar. bleu clair, ornem. dor. dans un encadrem. de fil., petite dent., gardes de satin broché, doubles gardes, tête dor., non rog., étuis. (*Blanchetière-Bretault*).

Edition originale, avec la couverture.
L'un des **75** exemplaires tirés sur **papier du Japon** (nº 24).

87. **Frapié** (Léon). La Boite aux Gosses. — La Figurante. — La Proscrite. *Paris, Calmann-Lévy*, 3 vol. in-12, demi-rel. dos et coins de mar. grenat, dos ornés et mosaïqués, tête dor., non rog. (*Blanchetière-Bretault*).

Editions originales, avec les couvertures.
Exemplaires numérotés sur **papier de Hollande**.

88. **Gautier** (Théophile). Œuvres. *Paris, A. Lemerre*, 1890-93, 3 vol. pet. in-12, portr. à l'eau-forte, demi-rel. dos et coins de mar. grenat, dos ornés, tête dor., non rog., couv. (*Champs*).

Poésies, 3 vol. — Le Roman de la Momie.
L'un des **5** exemplaires sur **papier du Japon** (nº 2) avec triple épreuve du portrait.

89. **Gautier** (Théophile). Jettatura. Compositions et gravures en couleurs de François Courboin. *Paris, Librairie de la Collection des Dix, A. Romagnol, Editeur*, 1904, gr. in-8, br., couv. illust.

Tiré à 300 exemplaires numérotés (nº 68).
L'un des **20** sur **papier vélin de cuve** contenant **4 états** de toutes les planches dont l'état en noir avec remarque

90. **Gautier** (Théophile). Mademoiselle de Maupin. Nouvelle édition. *Paris, Charpentier*, 1878, in-12, portr. de Magdeleine de Maupin, demi-rel. dos et coins de mar. rose, dos orné, tête dor., non rog., couv.

L'un des **75** exemplaires sur **papier de Hollande** (nº 8).

91. **Gautier** (Théophile). La Morte amoureuse. Compositions de P. A. Laurens, gravées en couleurs par Eugène Decisy. *Paris, A. Romagnol*, 1904, in-8. br., couv. ill. en coul.

L'un des 45 exemplaires tirés sur papier vélin d'Arches (nº 58), contenant 3 états des planches, l'état en noir, l'état terminé en couleurs avec remarque et l'état avec la lettre.

92. **Geffroy** (Gustave). L'Apprentie. *Paris, E. Fasquelle*, 1904, in-12, demi-rel. dos et coins de mar. bleu, tête dor., non rog.

Edition originale, avec la couverture.
L'un des **25** exemplaires sur **papier de Hollande** (nº 23).

93. **Geffroy** (Gustave). Hermine Gilquin. *Paris, E. Fasquelle*, 1907, in-12, demi-rel. dos et coins de mar. grenat, dos mosaïqué, tête dor., non rog. (*Blanchetière-Bretault*).

Edition originale, avec la couverture.
L'un des **25** exemplaires sur **papier de Hollande** (nº 6).

94. **Gil Blas illustré**. *Paris*, 1891-1901, 11 années en 5 vol. in-fol. demi-rel. basane grenat, tr. jasp.

95. **Gœthe**. Faust, tragédie, traduction d'Albert Stapfer, avec une préface par Stapfer. Dessins de J.-P. Laurens, gravés par Champollion. *Paris, Librairie des bibliophiles*, 1885, gr. in-8, cart. dos de perc., non rog., couv.

Exemplaire tiré sur **papier de Hollande**, contenant les gravures en 3 états, *avant* la lettre et *avec* la lettre sur Hollande, *avant* la lettre avec remarque à l'ancre sur Hollande.

On a ajouté la suite des 11 eaux-fortes de A. Lalauze, épreuves sur Hollande *avant* la lettre, pub. par Quantin.

96. **Goncourt** (Edmond de). Chérie. *Paris, Charpentier et Cie*, 1884, in-12, demi-rel. dos et coins de mar. lilas, dos orné, tête dor., non rog. (*Blanchetière-Bretault*).

Edition originale, avec la couverture.
L'un des **100** exemplaires sur **papier de Hollande** (n° 4).

97. **HALÈVY** (Ludovic). **L'Abbé Constantin**, illustré par Madame Madeleine Lemaire. *Paris, Boussod Valadon et Cie*, 1887, in-4, en feuilles dans le cart. de l'éd.

L'un des **50** exemplaires sur **papier du Japon** (n° 18) avec trois suites d'épreuves avant toute lettre portant une remarque à l'eau-forte :

1° Une suite imprimée en camaïeu sur **Satin crême** ;
2° Une suite imprimée en camaïeu sur **papier Whatman** ;
3° Une suite imprimée en bistre sur **papier Japon** ;
4° **Un dessin original** peint à l'aquarelle sur le faux-titre et signé par Madame **Madeleine Lemaire**.

98. **Halévy** (Ludovic). Karikari — Un tour de valse — Tom et Bob — La plus belle — Noiraud — Guignol — Deux Cyclones. *Paris, Calmann-Lévy*, 1892, in-12, demi-rel. dos et coins de mar. La Vallière foncé, dos orné et mosaïqué, tête dor., non rog. (*Blanchetière-Bretault*).

Edition en partie originale, avec la couverture.
L'un des **75** exemplaires sur **papier de Hollande** (n° 34).

99. **Haraucourt** (Edmond). La Peur. *Paris, E. Fasquelle*, 1907, in-12, demi-rel. dos et coins de mar. tête de nègre, dos mosaïqué, tête dor., non rog. (*Blanchetière-Bretault*).

Edition originale, avec la couverture.
L'un des **10** exemplaires sur **papier de Hollande** (n° 4).

100. **HÉRÉDIA** (José-Maria de). **Les Trophées**. *Paris, A. Lemerre*, 1893. in-8, br.

Edition originale, avec la couverture.
L'un des **25** exemplaires tirés sur **papier de Chine** (nº 2).
Envoi autographe signé de l'auteur, à Michel Barronnet, son vieil ami.

101. **Huard** (Charles). New-York comme je l'ai vu. Texte et dessins de Charles Huard. *Paris, Eugène Rey*, 1906, pet. in-8 carré, mar. chaudron, 5 fil. intér., tête dor., non rog., couv. (*René Kieffer*).

L'un des **100** exemplaires tirés sur **papier du Japon** (nº 19).

102. **Huard** (Charles). Paris. Province. Etranger. Cent dessins par Ch. Huard. Préface de Henry Bataille. *Paris, Eug. Rey*, 1906, pet. in-8, mar. chaudron, 7 fil. intér., tête dor., non rog., couv. illust. en coul. (*Blanchetière-Bretault*).

Exemplaire tiré sur **papier du Japon** (nº 20).

103. **HUGO** (Victor). **Œuvres complètes**. Edition nationale. *Paris, Le Monnyer et Testard*. 1885 *et années suivantes*, 43 vol. in-4, demi-rel. dos et coins de mar. rouge, dos ornés, têtes dor., non rog.

L'Edition Nationale de Victor Hugo est illustrée par l'élite des artistes français ; elle est ornée de 221 eaux-fortes hors-texte et de plus de 2,000 gravures en taille-douce, dans le texte, d'après *Bida, Bonnat, Cabanel, Jean-Paul Laurens, Luc-Olivier Merson, Duez, Maurice Leloir, Benjamin Constant, Adrien Moreau, Rochegrosse, Delort, etc.*

104. **Janin** (Jules). Œuvres diverses. *Paris, Librairie des Bibliophiles*, 1876-1881, 20 vol. in-12, demi-rel. dos et coins de chag. grenat, têtes dor., non rog., couv.

105. **Joinville** (Jean, sire de). Histoire de Saint Louis. Credo et Lettre à Louis X ; texte original, accompagné d'une traduction, par M. Natalis de Wailly. *Paris, Firmin Didot et Cie*, 1874, gr. in-8, planches hors texte, dont 2 chromolithographies, vign. et cartes, demi-rel. dos et coins de mar. La Vallière foncé, tête dor., non rog.

106. **Irving** (Washington). Rip Van Winkle. Illustré par Arthur Rackham. *Paris, Hachette et Cie*, 1906, pet. in-4, très nombr. planches hors-texte en couleurs, remontées sur papier fort, cart. toile, fers spéciaux des Editeurs.

107. **La Fontaine**. Contes et Nouvelles en vers. Texte original, avec Notes par Alphonse Pauly. *Paris, A. Lemerre*, 1868, 2 vol. pet. in-12, pap. vergé de Holl., br., couv.

108. **La Fontaine**. Fables, publiées par D. Jouaust, avec une introduction par Saint-René Taillandier, ornées de Douze dessins originaux de Bodmer, J.-L. Brown, F. Daubigny, Detaille, Gérome, E. Leloir, Emile Lévy, Henri Lévy, Millet, Ph. Rousseau, Alf. Stevens, J. Worms. Portrait gravé par Flameng. *Paris, Librairie des Bibliophiles*, 1873, 2 vol. gr. in-8, br., couv.

Edition dite des Douze Peintres.

109. **Lemaître** (Jules). Dix Contes. Illustrations de Luc-Olivier Merson, Georges Clairin, F.-H. Lucas, Cornillier, Loevy, gravures sur bois de Léveillé, Ruffe, Dutheil. Couverture artistique en couleur dessinée par Grasset. *Paris, H. Lecène et H. Oudin*, 1890, gr. in-8, pap. vél., titre r. et n., br., couv. illust.

110. **Lemonnier** (Camille). Thérèse Monique. *Paris, Charpentier*, 1882, in-12, demi-rel. dos et coins de mar. rouge, tète dor., non rog.

Edition originale, avec la couverture.
L'un des **10** exemplaires sur **papier de Hollande** (n° 6).

111. **Louys** (Pierre). Aphrodite, mœurs antiques. Illustrations de A. Calbet. *Paris, L. Borel*, 1901, pet. in-8 allongé, mar. bleu, fil. et ornem. int., tète dor., non rog., couv. illust. (*Blanchetière-Bretault*).

De la « Collection Nymphée ».
L'un des 50 exemplaires tirés sur **papier du Japon** (n° 7), avec les illustrations hors texte, en *noir* et en *sanguine*.
Enrichi de **2 aquarelles originales** de **Rossi**.

112. **Louys** (Pierre). Archipel. *Paris, E. Fasquelle*, 1906, demi-rel. dos et coins de mar. La Vallière, dos mosaïqué, tête dor., non rog. (*Blanchetière-Bretault*).

Edition originale, avec la couverture.
L'un des **50** exemplaires sur **papier de Hollande** (n° 39).

113. **LOUYS** (Pierre). **Ariane,** ou le Chemin de la Paix éternelle. Illustrations de Georges Rochegrosse. — **La Maison sur le Nil**, ou les Apparences de la Vertu. Illustrations de Paul Gervais. *Paris, Imprimé pour Charles Meunier, « Maison du Livre »*, 1904, 2 vol. in-4, texte encadré d'un filet d'or, illustrations en couleurs, cart. veau raciné, gris, non rog., couv., étui.

L'un des **125** exemplaires tirés sur **papier vélin blanc** (n° 34), contenant le tirage à part en noir, sur Chine, de la décomposition de toutes les planches.

114. **LOUYS** (Pierre). **Les Aventures du Roi Pausole.** Nouvelle édition illustrée de 82 compositions en couleurs par Pierre Vidal. *Paris, A. Blaizot*, 1906, in-4, br., couv.

Tiré à 375 exemplaires numérotés (n° 319).
L'un des 325 sur papier vélin de Rives.

115. **Louys** (Pierre). Les Chansons de Bilitis, traduites du grec, par Pierre Louys et ornées d'un portrait de Bilitis, dessiné par P. Albert Laurens, d'après le buste polychrôme du Musée du Louvre. *Paris, Société du Mercure de France*, 1898, in-8, demi-rel. dos et coins de mar. La Vallière, dos sans nerfs avec ornem. dor. et mosaïqués, fil. sur les plats, tête dor., non rog., couv. (*Blanchetière-Bretault*).

L'un des 550 exemplaires tirés sur papier vélin (n° 280).

116. **Louys** (Pierre). Sanguines. *Paris, E. Fasquelle*, 1903, in-12, demi-rel. dos et coins de mar. rouge, dos orné, tête dor., non rog. (*A. Valat*).

Edition originale, avec la couverture
L'un des exemplaires sur **papier de Hollande** (n° 40).

117. **Loti** (Pierre). Les Désenchantées, roman des Harems turcs contemporains. *Paris, Calmann-Lévy, s. d.*, in-12, portr. de l'auteur ajouté, demi-rel. dos et coins de mar. La Vallière, dos mosaïqué, tête dor., non rog. (*Blanchetière-Bretault*).

Edition originale, avec la couverture.
L'un des **75** exemplaires sur **papier de Hollande** (n° 8).

118. **LOTI** (Pierre). **Fantôme d'Orient.** *Paris, Calmann-Lévy (pour « la Société des Amis des Livres de Lyon »)*, 1891, in-8, demi-rel. dos et coins de mar. vert clair, dos orné et mosaïqué, tête dor., non rog. (*Bretault*).

Edition originale, avec la couverture ; tirée à **20** exemplaires numérotés sur **papier de Hollande** (n° 3), pour la Société des Amis des Livres de Lyon.
Exemplaire orné de **2 aquarelles originales** de **C. Meunier**.

119. **Maeterlinck** (Maurice). L'Intelligence des Fleurs. *Paris, E. Fasquelle*, 1907, in-12, demi-rel. dos et coins de mar. bleu, tête dor., non rog.

Edition originale, avec la couverture.
L'un des **45** exemplaires sur **papier de Hollande** (n° 36).

120. **Magie**, 2 vol. gr. in-8, fig., br., couv.

Papus. Traité élémentaire de Magie pratique. Adaptation, Réalisation, Théorie de la Magie, etc. Ouvrage orné de 158 figures, planches et tableaux. Illustrations de Louis Delfosse. *Paris, Chamuel*, 1893. — Jules Bois. Le Satanisme et la Magie, avec une Étude de J.-K. Huysmans. Illustrations de Henry de Malvost. *Paris, Chailley*, 1895.

121. **Maîtres Humoristes** (Les). Les meilleurs dessins — Les meilleures Légendes. *Paris, F. Juven, s. d.*, 3 forts vol. pet. in-4, nombreuses planches hors texte, en noir et en couleurs, demi-rel. veau fauve, têtes dor., non rog.

Albert Guillaume. — Abel Faivre. — Ferdinand Bac. — Caran d'Ache. — Benjamin Rabier. — A. Grévin. — Lucien Métivet. — Henri Gerbault. — Hermann-Paul. — Jean-Louis Forain. — Georges Jeanniot. — F. Poulbot. — Adolphe Willette. — Henry Somm. — Charles Huard.

122. **Marguerite de Navarre.** Les Marguerites de la Marguerite des princesses. Texte de l'édition de 1547 Publié avec Introduction, Notes et Glossaire par Félix Frank, et

accompagné de la reproduction des gravures sur bois de l'original et d'un portrait de Marguerite de Navarre. *Paris, Librairie des Bibliophiles*, 1873, 4 vol. in-8, demi-rel. dos et coins de mar. bleu, fil. sur les plats, têtes dor., non rog., couv. (*Randeynes*).

Tiré à 150 exemplaires numérotés (n° 60).
L'un des 120 sur papier vergé

123. **Marni** (J.). Pierre Tisserand, roman. *Paris, Société d'éditions littéraires et artistiques. Librairie P. Ollendorff*, 1907, in-12, demi-rel. dos et coins de mar. vert, dos mosaïqué, tête dor., non rog. (*Blanchetière-Bretault*).

Edition originale, avec la couverture.
L'un des **5** exemplaires sur **papier de Hollande** (n° 4).

124. **Marni** (J.). Théatre de Madame. *Paris, Société d'éditions littéraires et artistiques. Librairie P. Ollendorff*, 1906, in-12, demi-rel. dos et coins de mar. La Vallière, dos orné et mosaïqué, tête dor., non rog. (*Blanchetière-Bretault*).

Edition originale, avec la couverture illustrée en couleurs.
L'un des **5** exemplaires sur **papier de Hollande** (n° 5).

125. **MAUCLAIR** (Camille). Ames Bretonnes. Trois contes illustrés par J. Wély. *Paris, l'Édition d'Art, H. Piazza et Cie, s. d.*, (1907) pet. in-4, texte encadré d'un fil. rouge, fig. en coul. br., couv. ill. en coul., étui.

Tiré à 300 exemplaires numérotés (n° 111).
L'un des 260 sur papier vélin à la cuve, des manufactures Blanchet et Kléber.

126. **MAUPASSANT** (Guy de). **Contes choisis**, publiés par les Bibliophiles contemporains. Le Loup. — Hautot père et fils. — Allouma — Mouche — La Maison Tellier— Un soir — Le Champ d'Oliviers — Mademoiselle Fifi — L'Epave — Une Partie de Campagne. (Illustrations par MM. G. Jeanniot, G. Scott, F. Gueldry, P. Vidal, Evert van Muyden, P. Gervais, P. Avril, A. Gérardin, et Ch.

Morel]. *Paris, Imprimé aux frais et pour les Sociétaires de l' « Académie des Beaux-Livres »*, 1891-1892, 10 plaquettes en 1 vol. gr. in-8, mar. bleu, dos sans nerfs orné et mosaïqué, compart. de fil. sur les plats, fleurettes en mosaïque aux angles, doublé de mar. rose, compositions fantaisistes en mosaïque de mar. de diverses couleurs et or, fil. et petite dent. formant encadrement, gardes en soie, doubles gardes, tr. dor. sur brochure, couv., étui. (*Ch. Meunier*).

Edition non mise dans le commerce (n° 110).
Frontispice en couleurs par Paul Avril, d'après F. Rops.

127. **MAUPASSANT** (Guy de). Deux Contes. Le Vieux. La Ficelle. Quatre-vingt-quatre petites compositions dessinées et gravées sur bois par **Auguste Lepère**. *Paris, Aux dépens de la Société Normande du Livre illustré*, 1907, in-8, mar. La Vallière, composition en mosaïque sur le dos et sur les plats, doublé de mar. vert clair, ornem. à froid et fil. dor. formant encadrement, gardes de soie à fleurs, doubles gardes, tête dor., non rog., couv. illust. étui. (*Blanchetière-Bretault*).

Tiré à 120 exemplaires numérotés (n° 83) dont 40 seulement ont été mis dans le commerce.

128. **Mérimée** (Prosper). Mateo Folcone. Préface de Maurice Tourneux. Compositions de Alexandre Lunois, gravées sur bois. *Paris, L. Carteret et Cie*, 1906, gr. in-8, demi-rel. dos et coins de mar. rouge, dos sans nerfs mosaïqué, tête dor., non rog., couv. (*René Kieffer*).

Tiré à 250 exemplaires sur papier vélin blanc (n° 115).

129. **Michelet** (J.). Thérèse et Marianne, souvenir de jeunesse. Onze eaux-fortes originales de V. Foulquier. *Paris, L. Conquet*, 1891, in-16, cart. dos et coins de mar. vert, dos orné, fil. sur les plats, tête dor. non rog., couv. (*Ch. Meunier*).

L'un des **75** exemplaires tirés sur **papier du Japon** (n° 45) avec **2 états** des planches.
Portrait de Michelet, gravé à l'eau-forte par L. Monziès épreuve sur Chine volant avant la lettre, ajouté.

130. **Mirbeau** (Octave). La 628-E8. Croquis marginaux de Pierre Bonnard. *Paris, E. Fasquelle*, 1908, in-4, mar. vert jans., bande de mar. vert avec fleurettes en mar. rouge dans un encadrem. de fil. dor., tête dor., non rog., couv.

L'un des **25** exemplaires tirés sur **papier du Japon** (n° 22).

131. **Molènes** (Paul de). Œuvres diverses. *Paris. Librairie des Bibliophiles*, 1885-1887. 6 vol. in-12, demi-rel. dos et coins de chag. vert, têtes dor., non rog., couv.

132. **Montorgueil** (Georges). La Vie à Montmartre, illustrations (en noir et en couleurs) de Pierre Vidal. *Paris, G. Boudet, s. d.*, gr. in-8, fig., br., couv. illust. en coul.

Tiré à 750 exemplaires numérotés (n° 710).
L'un des 700 sur papier lithographique des Papeteries du Marais, fabriqué spécialement pour cet ouvrage.

133. **Moselly** (Emile). Terres Lorraines, roman. — Jean des Brebis, ou le livre de la misère. *Paris, Plon-Nourrit et Cie, s. d.*, 2 vol. in-12, demi-rel. dos et coins de mar. olive, et rouge, dos mosaïqués, têtes dor., non rog. (*Blanchetière-Bretault*).

Editions originales, avec les couvertures.

134. **MURGER** (Henry). **Scènes de la Vie de Bohême.** Compositions de Charles Léandre, gravées en couleurs par Eug. Decisy. *Paris, Librairie de la Collection des Dix, A. Romagnol, Editeur*, 1902, gr. in-8, mar. vert, cuir modelé, représentant le portrait de Henry Murger, sur le premier plat, doublé de mar. rouge, fil. dor. et ornements dor. aux angles, gardes de moire rouge, doubles gardes, tr. dor. sur broch., couv., chemise de mar. vert, étui. (*Lahaye*).

L'un des **200** exemplaires tirés sur **papier vélin d'Arches** (n° 113), contenant l'état terminé avec lettre de toutes les illustrations, et la décomposition des couleurs d'une planche.

135. **Les petits classiques**. *Paris, Librairie des Bibliophiles*, 1878-1890, 7 vol. in-12, demi-rel. dos et coins de chagrin grenat, têtes dor., non rog., couv.

Contes de Boufflers. — Œuvres choisies de Saint-Evremond. — Théâtre choisi de Rotrou, 2 vol. — Œuvres choisies de Fontenelle, 2 vol. — Œuvres choisies du prince de Ligne.

136. **PETITS POÈTES** du XVIIIe siècle. *Paris, A. Quantin*, 1879-1886, 12 vol. pet. in-8, port. et fig. demi-rel. dos et coins de mar. de diverses couleurs, dos ornés et mosaïqués, têtes dor., non rog., couv. *(Randeynes)*.

J. Vadé. — A. Piron. — Bertin. — Desforges Maillard. — Lattaignant — De Bernis. — Gilbert. — Gresset. — Gentil Bernard. — Malfilâtre. — Bonnard. — Boufflers.

137. **Poë** (Edgar). Histoires extraordinaires. — Nouvelles Histoires extraordinaires, traduites par Charles Baudelaire. Edition illustrée de 26 gravures hors texte à l'eau-forte ou héliogravure, par Abot, Chiffart, J.-P. Laurens, Méaulle, Vierge, Vogel, etc. *Paris, A. Quantin*, 1884, 2 vol. in-8, titres r. et n., demi-rel. dos et coins de mar. brun, fil. sur les plats, têtes dor., non rog., couv.

Ouvrage devenu rare.

138. **Prévost** (Marcel). Femmes. *Paris, A. Lemerre*, 1907, in-12, demi-rel. dos et coins de mar. vert, dos mosaïqué, tête dor., non rog. *(Blanchetière-Bretault)*.

Edition originale, avec la couverture.
L'un des **50** exemplaires sur **papier de Hollande** (n° 1).

139. **Prévost** (Marcel). Lettres à Françoise mariée. *Paris, F. Juven, s. d.*, in-12, demi-rel. dos et coins de mar. bleu, dos orné et mosaïqué, tête dor., non rog. *(Blanchetière-Bretault)*.

Edition originale, avec la couverture.
L'un des **40** exemplaires sur **papier de Hollande** (n° 11).

140. **Prévost** (Marcel). Monsieur et Madame Moloch. *Paris, A. Lemerre*, 1906, in-12, demi-rel. dos et coins de mar. vert foncé, dos mosaïqué, tête dor., non rog. *(Blanchetière-Bretault)*.

Edition originale, avec la couverture.
L'un des **50** exemplaires sur **papier de Hollande** (n° 31).

141. **Prévost** (Marcel). La Princesse d'Erminge. *Paris, A. Lemerre*, 1904, in-12, demi-rel. dos et coins de mar. bleu, tête dor., non rog.

Edition originale, avec la couverture.
L'un des **50** exemplaires sur **papier de Hollande** (n° 5).

142. **Renan** (Ernest). L'Antechrist. *Paris, Michel Lévy frères*, 1873, in-8, cart. dos et coins de perc., non rog.

Edition originale, avec la couverture.
Exemplaire tiré sur **papier de Hollande**.

143. **RENAN** (Ernest). **Prière sur l'Acropole**. Compositions de H. Bellery-Desfontaines, gravées par Eugène Froment. *Paris, E. Pelletan*, 1899, in-4, mar. vert olive; sur le premier plat, titre et médaillon représentant une tête de Minerve en mosaïque, doublé de soie rouge armure, large bande de mar. mosaïquée formant encadrement, gardes de soie rouge, tr. dor. sur brochure, couv. (*Marius Michel*).

L'un des **25** exemplaires sur **grand papier vélin blanc** à la forme des Papeteries du Marais (nº 38), contenant une **très belle aquarelle originale de H. Bellery-Desfontaines** et une triple suite d'artiste signées sur Japon mince, sur Chine et une avec la lettre.

144. **Renan** (Ernest). Ma Sœur Henriette, avec illustrations d'après Henri Scheffer et Ary Renan, reproduites par l'héliogravure. *Paris, Calmann-Lévy*, 1895, pet. in-8, demi-rel. mar. lilas, dos orné, tête dor., non rog., couv. (*Pierson*).

L'un des **125** exemplaires sur **papier du Japon** (nº 37).

145. **Renan** (Ernest). Vie de Jésus, avec une préface nouvelle. Edition illustrée de soixante dessins par Geoffroy Durand. *Paris, Michel Lévy frères*, 1870, gr. in-8, br., couv.

Exemplaire sur papier de Hollande.
Premier tirage des illustrations de Geoffroy Durand.

146. **Renan** (Ernest). Le Livre d'Or de Renan (avec notes biographiques). *Paris, A. Joanin et Cie, s. d.*, (1903), in-4, portr. et fig., demi-rel. dos et coins de mar. grenat, dos orné de fil. et de bandes de mar. bleu, fil. sur les plats, tête dor., non rog., couv. (*Blanchetière-Bretault*).

L'un des **12** exemplaires tirés sur **papier du Japon** (nº VII).

147. **Renard** (Jules). Bucoliques. *Paris, P. Ollendorff*, 1898,

in-12, demi-rel. dos et coins de mar. La Vallière foncé, dos mosaïqué, tête dor., non rog. (*Blanchetière-Bretault*).

Edition originale, avec la couverture illustrée.
L'un des **25** exemplaires sur **papier de Hollande** (nº 7).

148. **Renard** (Jules). Les Philippe, précédés de Patrie !. Décorés de cent un bois originaux, dont huit camaïeux, de Paul Colin. *Paris, E. Pelletan*, 1907, gr. in-8, br., couv.

Exemplaire sur papier du Marais (nº 316).

149. **Renard** (Jules). Poil de Carotte. Avec 50 Dessins de F. Vallotton. *Paris, E. Flammarion, s. d.*, in-12, demi-rel. dos et coins de mar. grenat clair, dos mosaïqué, tête dor., non rog. (*Blanchetière-Bretault*).

Edition originale, avec la couverture illustrée.
Exemplaire tiré sur **papier de Hollande**.

150. **REVUE ILLUSTRÉE**. *Paris*, 1886-1906, 42 vol. in-4, demi-rel. chag. rouge, têtes dor., non rog.

151. **Reybaud** (L.). Jérôme Paturot à la recherche d'une position sociale. Edition illustrée par J.-J. Grandville. *Paris, J.-J. Dubochet, Le Chevalier et Cie*, 1846, gr. in-8, cart. dos et coins de perc., non rog. (*Champs-Stroobants, succ.*).

Exemplaire de premier tirage, absolument non rogné, avec la couverture.

152. **Reybaud** (L.). Jérôme Paturot à la recherche de la meilleure des Républiques. Edition illustrée par Tony Johannot. *Paris, M. Lévy frères*, 1849, gr. in-8, cart. toile, fers spéciaux, tr. dor. (*Cart. de l'éditeur*).

Exemplaire de premier tirage.

153. **Richepin** (Jean). Madame André. — La Glu. Edition définitive. Illustrée d'un dessin original de J.-L. Stewart. — Césarine. — La Mer. *Paris, M. Dreyfous*, 1887-1894, 4 vol. in-18, pap. vél. teinté, demi-rel. dos et coins de mar. rouge, têtes dor., non rog., couv. (*Randernes*).

154. **Richepin** (Jean). Miarka, la fille à l'Ourse. *Paris, Maurice Dreyfous, s. d.*, in-12, demi-rel. dos et coins de mar. bleu, tête dor., non rog.

Édition originale, avec la couverture.
L'un des exemplaires sur **papier de Hollande** (n° 34)

155. **Rire** (Le). *Paris*, 1894-1901, 7 vol. in-4, cart. dos et coins de perc., non rog.

156. **Romans célèbres**. *Paris, A. Quantin*, 1878-1885, 5 vol. in-8, pap. vergé chamois, texte encadré de fil. rouges. Eaux-fortes par MM. F. Masson, Dubouchet, R. de Los Rios, Saint-Elme Gauthier, demi-rel. dos et coins de mar. de diverses couleurs, tête dor., non rog., couv. (*Randeynes*).

La Fayette (Mme de). La Princesse de Clèves. — Furetière (A.). Le Roman bourgeois.— Châteaubriand. Atala, René, le dernier Abencérage.— Diderot. Le Neveu de Rameau. — Tencin (Mme de). Mémoires du Comte de Comminges.

157. **ROSTAND** (Edmond). **Cyrano de Bergerac,** drame en cinq actes. Illustré par MM. Besnard, Flameng, Albert Laurens, Léandre, Adrien Moreau, Thévenot, gravé par Romagnol. *Paris, A. Magnier*, 1899, gr. in-8, mar. grenat, dos orné, compart. de 12 fil. droits, courbés et au pointillé, ornem. dor. et de feuillage sur les plats, milieux avec attributs en mosaïque de mar. de diverses couleurs, doublé de mar. bleu, large dent. à petits fers et au pointillé, formant encadrement, gardes en faille, doubles gardes, tr. dor. sur brochure, couv. illust., étui. (*Blanchetière-Bretault*).

L'un des **40** exemplaires sur **Japon vieux** (n° 33) avec **4 états** des bois, savoir :
1 état avant la retouche tiré à la presse à bras sur papier de l'ouvrage.
1 état sur Japon pelure tiré à la main par le graveur.
1 état avant la lettre et l'état avec la lettre.

158. **Salis** (Rodolphe). Contes du Chat Noir. L'Hiver. Dessins de A. Willette, H. Rivière, H. Pille, H. Somm, Steinlen, etc. Préface de Philippe Gille, Prologue de A. Willette. *Paris, Librairie illustrée, s. d.*, 1 vol. — Le Prin-

temps. Dessins de Loys, Robida, Sabattier, G. Auriol, etc. Préface de Francisque Sarcey. *Paris, E. Dentu*, 1891, 1 vol. Ens. 2 vol. in-8, cart. dos et coins de perc., non rog. (*Carayon*).

Editions originales, avec les couvertures illust. en coul.

159. **Schulze** (Ernest). La Rose enchantée, traduction de E. La Forgue, compositions et eaux-fortes par Gaston Bussière. *Edition Boudet, Librairie Lahure, s. d.*, gr. in-8, fig., br., couv. illust. en coul.

Edition imprimée à 325 exemplaires.
Exemplaire sur papier vélin du Marais (nº 298).

160. **Shakespeare**. Œuvres complètes. Traduction de M. Guizot. *Paris, Didier et Cie*, 1865, 8 vol. in-12, demi-rel. mar. rouge.

161. **Sienkiewicz** (Henryk.). Au Champ de Gloire, roman héroïque. Traduction de B. Kozakiewicz et du comte Wodzinski. *Paris, E. Fasquelle*, 1907, in-12, demi-rel. dos et coins de mar. rouge, dos orné, tête dor., non rog. (*Blanchetière-Bretault*).

Edition originale, avec la couverture.
L'un des **15** exemplaires sur **papier de Hollande** (nº 7).

162. **Sienkiewicz** (Henryk). Le Déluge, roman héroïque. Traduction du comte Wodzinski et de B. Kozakiewicz. *Paris, Editions de la Revue Blanche, s. d.* (1902), in-12, demi-rel. dos et coins de mar. bleu, dos orné, tête dor., non rog. (*Blanchetière-Bretault*).

Edition originale, avec la couverture.
L'un des **10** exemplaires numérotés sur **papier du Japon**.

163. **Siret** (Adolphe). Dictionnaire historique des Peintres de toutes les écoles, depuis l'origine de la peinture jusqu'à nos jours. Deuxième édition revue et considérablement augmentée. *Paris, Lacroix, Verboeckhoven et Cie*, 1866, 1 fort vol. gr. in-8 à 2 col., demi-rel. mar. rouge, tr. peig. (*A. Bertrand*).

164. **SOULIÉ** (Frédéric). Le Lion amoureux. Nouvelle édition illustrée de 19 vignettes dessinées par Sahib et gravées au burin sur acier par Nargeot, avec Notice historique et littéraire par Ludovic Halévy. *Paris, L. Conquet*, 1882, in-18, mar. bleu dent. int., tr. dor. (*Champs*).

L'un des **150** exemplaires tirés sur **papier du Japon** (nº 59).

165. **Stendhal** (de). (Henri Beyle). Le Rouge et le Noir, chronique du XIXº siècle. *Paris, E. Girard, s. d.*, 2 tom. en 4 vol. in-16, demi-rel. dos et coins de mar. bleu, dos ornés et mosaïqués, têtes dor., non rog., couv. (*Randeynes*).

L'un des **25** exemplaires numérotés sur Japon français crème (nº 34).

166. **Tharaud** (Jérome et Jean). Dingley, l'illustre écrivain. *Paris, E. Pelletan*, 1906, in-8, portr. br., couv.

Exemplaire tiré sur **papier de Hollande** (nº 26), contenant sur le feuillet de garde une **page autographe des auteurs**.

Tirage de l'Académie des Goncourt. **30** exemplaires numérotés dont 12 seulement mis dans le commerce.

167. **Tharaud** (Jérome et Jean). La Ville et les Champs (1870-1871). Décoré de cinq compositions de Lobel-Riche, gravées par Eugène Froment et Perrichon. *Paris, E. Pelletan*, 1907, pet. in-8, br., couv.

Exemplaire tiré sur **papier du Japon** (nº 16).

168. **Theuriet** (André). Les Œillets de Kerlaz. Edition originale, illustrée de quatre eaux-fortes de Rudaux, de huit en têtes et culs-de-lampe de Giacomelli, gravés par E. de Mare. *Paris, L. Conquet*, 1885, in-16, mar. grenat foncé, dent. int., tr. dor., non rog., couv. (*Randeynes*).

Exemplaire sur papier vergé du Marais (nº 583).

169. **Theuriet** (André). Le Secret de Gertrude, illustré de 75 compositions, par Emile Adan, eaux-fortes gravées par A. Boulard. *Paris, Launette et Cie*, 1870, gr. in-8, pap. vél., demi-rel. dos et coins de mar. bleu, dos sans nerfs orné et

mosaïqué, fil. sur les plats, tête dor., non rog., couv. illust. (*Blanchetière-Bretault*).

170. **Thévenin** (Léon). Le Jardin des Roses, roman. Frontispice en couleur de Robaudi, imprimé à la poupée. *Paris, Édition de la Revue de l'Œuvre et l'Image*, 1902, gr in-12, br.

Édition originale, avec la couverture.
L'un des **50** exemplaires sur **papier de Chine**, paraphés par l'auteur (n° 45).
Envoi autographe de l'auteur, et une page manuscrite du roman.

171. **Uzanne** (Octave). Le Miroir du Monde, notes et sensations de la vie pittoresque. Illustrations en couleurs d'après Paul Avril. *Paris, Quantin*, 1888, in-4, demi-rel. dos et coins de mar. bleu, dos sans nerfs orné et mosaïqué, fil. sur les plats, tête dor., non rog., couv. illust. (*Blanchetière-Bretault*).

Exemplaire sur **papier du Japon**.
Envoi autographe de l'auteur (*nom gratté*).

172. **Uzanne** (Octave). L'Ombrelle, le Gant, le Manchon. Illustrations de Paul Avril. *Paris, Quantin*, 1883, gr. in-8, demi-rel. dos et coins de mar. bleu, dos sans nerfs, orné et mosaïqué, fil. sur les plats, tête dor., non rog., couv. impr. en coul (*Blanchetière-Bretault*).

Exemplaire auquel on a ajouté le tirage à part sur Japon de toutes les illustrations.

173. **Uzanne** (Octave). Le Paroissien du Célibataire. Observations physiologiques et morales sur l'état du célibat. Illustrations de Alb. Lynch, gravées à l'eau-forte par E. Gaujean. *Paris, Librairies-Imprimeries réunies*, 1890, gr. in-8, demi-rel. dos et coins de mar. vert, dos orné et mosaïqué, fil. sur les plats, tête dor., non rog., couv. (*Blanchetière-Bretault*).

Exemplaire sur grand **papier du Japon** avec le frontispice en quatre états divers : avec la lettre sur Hollande et sur Japon, avant la lettre et eau-forte pure, et deux états sur Japon des tirages à part des figures du texte, eaux-fortes avancées et eaux-fortes pures.

174. **Verlaine** (Paul). Femmes. *Imprimé sous le manteau et ne se vend nulle part, s. d.*, in-12, mar. vert, dent. int., tête dor., non rog., couv. (*Randeynes*).

Édition originale in-12, avec la couverture.
Tiré à 500 exemplaires numérotés (n° 176).

175. **VICAIRE** (Gabriel). Emaux Bressans (poésies). *Paris, H. Leclerc*, 1904, in-12, texte encadré de fil. rouges, vert et bleu, mar. bleu, dos sans nerfs, composition florale en mosaïque de mar. vert serti or, sur le dos et les plats, bande de mar. bleu avec compart. de 6 fil. formant encadrement, tête dor., non rog., couv., étui. (*René Kieffer*).

L'un des **50** exemplaires tirés sur **papier du Japon** (n° 36) enrichi de **26 aquarelles originales** de **G. Bussière**

176. **Vidal** (Pierre). Les Heures de la Femme à Paris. Tableaux parisiens, dessinés, gravés à l'eau et accompagnés d'un texte par Pierre Vidal. *Paris, Editions Boudet. — Librairie Lahure, s. d.* (1903), in-8 carré, titre rouge et vert, texte encadré d'un filet vert avec frises de fleurs dans les marges, br., couv. impr. en couleurs.

Tiré à 250 exemplaires numérotés (n° 168).
L'un des 220 sur papier vélin de cuve des Papeteries du Marais, fabriqué spécialement pour cet ouvrage.

177. **VIE DE LAZARILLE DE TORMÈS**. Traduction nouvelle et Préface de A. Morel-Fatio. Nombreuses illustrations et eaux-fortes de Maurice Leloir. *Paris, H. Launette et Cie*, 1886, gr. in-8, en feuilles, couv. illust., emboitage en mar. vert.

L'un des **50** exemplaires tirés sur **papier du Japon** (n° 12), avec triple suite des eaux-fortes dont l'eau-forte pure, et le tirage à part sur Japon des vignettes intercalées dans le texte.
Sur le faux-titre **Aquarelle originale** à deux personnages, par **Maurice Leloir** l'illustrateur du livre.

178. **Vie illustrée**. *Paris*, 1898-1908, 10 vol. in-4, demi-rel. bas. grenat, tr. jasp.

179. **Vigny** (Alfred de). Stello, avec une introduction de Jules Case. *Paris, Société artistique du Livre illustré*, 1901, in-8, tiré in-4, demi-rel. dos et coins de mar. lilas, dos sans nerfs avec ornem. dor., fil. sur les plats, tête dor., non rog. (*Pierson*).

Edition spéciale, illustrée de 65 compositions de Georges Scott, et de 41 lettres originales ornées, gravées sur bois par Eugène Dété.
L'un des 130 exemplaires tirés sur **papier de Chine** (nº 55).

180. **Voltaire**. Œuvres choisies, publiées par G. Bengesco. *Paris, Librairie des Bibliophiles*, 1887-1892, 10 vol. in-12, demi-rel. dos et coins de chag. brun, têtes dor., non rog.

181. **Wells** (H.-G.). La Guerre des Mondes. Traduit de l'Anglais par Henry-D. Davray. Edition illustrée par Alvim-Corrêa. *Edité par L. Vandamme et Cº. Jette-Bruxelles*, 1906, in-4, avec nombr. illustrations dans le texte et planches hors texte en noir et en couleurs, cart. dos de bas. fauve, non rog. (*Cart. de l'éditeur*).

L'un des 500 exemplaires tirés sur papier vergé teinté, numérotés et paraphés par l'illustrateur (nº 72).

181 *bis*. **Zamacoïs** (Miguel). Les Bouffons, pièce en quatre actes, en vers. *Paris, Librairie Théâtrale*, 1907, in-12, br.

Edition originale, avec la couverture.
L'un des **50** exemplaires sur **papier de Hollande** (nº 19).

182. **Zola** (Emile). L'Argent. *Paris, Charpentier*, 1891, in-12, br.

Edition originale, avec la couverture.
L'un des **250** exemplaires tirés sur **papier de Hollande** (nº 155).

183. **Zola** (Emile). La Bête humaine. *Paris, Charpentier et Cie*, 1890, in-12, br.

Edition originale, avec la couverture.
L'un des **250** exemplaires tirés sur **papier de Hollande** (nº 113).

184. **Zola** (Emile). Au Bonheur des dames. *Paris, Charpentier*, 1883, in-12, cart. dos de perc., non rog.

Edition originale, avec la couverture.
L'un des **150** exemplaires tirés sur **papier de Hollande** (nº 90).

185. **Zola** (Emile). Le Capitaine Burle. *Paris, Charpentier*, 1883, in-12, demi-rel. dos et coins de mar. La Vallière foncé, tête dor., non rog.

Edition originale, avec la couverture.
L'un des **50** exemplaires tirés sur **papier de Hollande** (n° 27).

186. **Zola** (Emile). Correspondance. — Lettres de jeunesse. *Paris, E. Fasquelle*, 1907, in-12, br.

Edition originale, avec la couverture.
L'un des **50** exemplaires tirés sur **papier de Hollande** (n° 27)

187. **Zola** (Emile). La Débâcle. *Paris, Charpentier et Fasquelle*, 1892, in-12, br.

Edition originale, avec la couverture.
L'un des **350** exemplaires tirés sur **papier de Hollande** (n° 239).

188. **Zola** (Emile). Le Docteur Pascal. *Paris, Charpentier et Fasquelle*, 1893, in-12, br.

Edition originale, avec la couverture.
L'un des **240** exemplaires tirés sur **papier de Hollande** (n° 132).

189. **Zola** (Emile). Germinal. *Paris, Charpentier et Cie*, 1885, in-12, cart. dos et coins de perc., non rog.

Edition originale, avec la couverture.
L'un des **150** exemplaires tirés sur **papier de Hollande** (n° 29).

190. **Zola** (Emile). Mes Haines, causeries littéraires et artistiques. Mon Salon (1866). Edouard Manet, étude biographique et critique. Nouvelle édition. *Paris, Charpentier*, 1879, in-12, br., couv.

L'un des **75** exemplaires tirés sur **papier de Hollande** (n° 20).

191. **Zola** (Emile). La Joie de vivre. *Paris, Charpentier et Cie*, 1884, in-12, br.

Edition originale, avec la couverture.
L'un des **150** exemplaires tirés sur **papier de Hollande** (n° 52).

192. **Zola** (Emile). Naïs Micoulin. *Paris, Charpentier et Cie*, 1884, in-12, cart. dos de perc., non rog.

Edition originale, avec la couverture.
L'un des **100** exemplaires tirés sur **papier de Hollande** (n° 64).

193. **Zola** (Emile). Nana. *Paris, Charpentier*, 1880, in-12, br.

Edition originale, avec la couverture.
L'un des **325** exemplaires tirés sur **papier de Hollande** (n° 133).

194. **Zola** (Emile). Nouveaux Contes à Ninon. *Paris, L. Conquet*. Suite d'un frontispice et 50 compositions dessinées et gravées à l'eau-forte par E. Rudaux. gr. in-8, cart. dos et coins de mar. rouge, non rog.

Epreuves sur **Japon**.

195. **Zola** (Emile). Nouvelle Campagne — 1896. *Paris, E. Fasquelle*, 1897, in-12. br.

Edition originale, avec la couverture.
L'un des **20** exemplaires tirés sur **papier de Hollande** (n° 15).

196. **Zola** (Emile). L'Œuvre. *Paris, Charpentier et Cie*, 1886, in-12, br.

Edition originale, avec la couverture.
L'un des **175** exemplaires tirés sur **papier de Hollande** (n° 149).

197. **Zola** (Emile). Une Page d'Amour. *Paris, Charpentier*, 1878, in-12, demi-rel. dos et coins de chag. La Vallière, foncé, tête dor., non rog.

Edition originale, avec la couverture.
L'un des **100** exemplaires tirés sur **papier de Hollande** (n° 73).

198. **Zola** (Emile). Pot-Bouille. *Paris, Charpentier*, 1882, in-12, br.

Edition originale, avec la couverture.
L'un des **250** exemplaires tirés sur **papier de Hollande** (n° 191).

199. **Zola** (Emile). Les Quatre Evangiles. Fécondité. 2 vol. — Travail, 2 vol. — Vérité, 2 vol. *Paris E. Fasquelle*, 1899-1903, 6 vol. in-8, br.

Editions originales, avec les couvertures.
Exemplaires numérotés sur **papier de Hollande**.

200. **Zola** (Emile). Le Rêve. *Paris, Charpentier et Cie*, 1888, in-12, br.

Edition originale, avec la couverture.
L'un des **250** exemplaires tirés sur **papier de Hollande** (nº 86).

201. **Zola** (Emile). La Terre. *Paris, Charpentier et Cie*, 1887, in-12, cart. dos de perc., tête dor., non rog. (*Champs*).

Edition originale, avec la couverture.
L'un des **275** exemplaires tirés sur **papier de Hollande** (nº 231).

202. **Zola** (Emile). Les Trois Villes. Lourdes. — Rome. — Paris. *Paris, Charpentier et Fasquelle*, 1894-1898, 3 vol. in-12, br.

Editions originales, avec les couvertures.
Exemplaires numérotés sur **papier de Hollande**.

203. **Zola** (Emile). Le Vœu d'une Morte. Nouvelle édition. *Paris, Charpentier et Cie*, 1889, in-12, br., couv.

L'un des **100** exemplaires tirés sur **papier de Hollande** (nº 6).

204. — Les Personnages des Rougon-Macquart, pour servir à la lecture et à l'œuvre de Emile Zola. *Paris, E. Fasquelle*, 1901, in-12, br.

Edition originale, avec la couverture.
L'un des **50** exemplaires tirés sur **papier de Hollande** (nº 13).

205. — Massis (Henri). Comment Emile Zola composait ses romans. D'après ses Notes personnelles et inédites. *Paris, E. Fasquelle*, 1906, in-12, br.

Edition originale, avec la couverture.
L'un des **25** exemplaires tirés sur **papier de Hollande** nº 51.

206 à 240. **Sous ces numéros il sera vendu environ 350 volumes reliés et brochés, non catalogués.**

Arras. — Imp. Schoutheer Frères, rue des Trois-Visages, 59

www.ingramcontent.com/pod-product-compliance
Lightning Source LLC
LaVergne TN
LVHW050452160826
845677LV00003B/745

* 9 7 8 2 3 2 9 6 6 9 7 9 3 *